# C comme Catastrophe

## VIKKI vansickle

Texte français de Louise Binette

Éditions

■SCHOLASTIC

À *mes parents*

Catalogage avant publication de Bibliothèque et Archives Canada

VanSickle, Vikki, 1982-
[Words that start with B. Français]
C comme catastrophe / Vikki VanSickle ; texte français de Louise Binette.

Traduction de: Words that start with B.

ISBN 978-1-4431-1454-7

I. Binette, Louise II. Titre. III. Titre: Words that start with B. Français.

PS8643.A59W6714 2011      jC813'.6      C2011-902808-5

Édition publiée par les Éditions Scholastic,
604, rue King Ouest, Toronto (Ontario) M5V 1E1.

5 4 3 2 1    Imprimé au Canada    121    11 12 13 14 15

# Avant

En septième année, notre vie est censée changer à jamais. Du moins, si on fréquente l'école publique Ferndale. C'est l'année que l'on passe dans la classe de Mlle Ross, si on a de la chance. Dans le cas contraire, on se retrouve en 7e A avec Mme White et on passe toute l'année à regretter de ne pas avoir été dans la classe de Mlle Ross. Les élèves de la 7e A font comme si ça ne les dérangeait pas, affirmant que le A sous-entend l'excellence. N'empêche qu'on pourrait tout aussi bien prétendre que le B de la 7e B signifie « brillant », et ce serait la vérité. Il n'y a aucune raison particulière qui explique pourquoi certains sont dans la 7e A et d'autres dans la 7e B. Il s'agit de l'un de ces mystères cosmiques dont seul l'univers détient la clé. J'espère que l'univers sera de mon côté cette année.

# Comédie

Je ne suis pas la seule à aimer Mlle Ross. Les élèves de Ferndale passent tout leur primaire à attendre d'être dans sa classe. Elle fait toujours des trucs cool. L'an dernier, ses élèves ont adopté une baleine, et ils ont affiché dans la vitrine de l'entrée principale des photos et des données sur ces animaux qui sont maintenant en voie de disparition. Enfin, certains d'entre eux. Je ne me souviens pas exactement de ce que disait le texte, car je m'attardais surtout sur les photos. La classe a adopté un béluga nommé Aurora. Les bélugas sont tout blancs et ont toujours l'air de sourire. J'imagine que personne ne leur a parlé des icebergs qui fondent et de tous les déversements de pétrole qui détruisent l'environnement.

L'année d'avant, la classe de Mlle Ross a cultivé un jardin dans la cour d'école, à l'endroit où se trouvait l'ancienne aire de jeux avant qu'elle soit démolie parce qu'elle était dangereuse. Les élèves ont transformé un vieux coin de terre boueux en un jardin de fleurs sauvages; on y trouve même un bain d'oiseaux et un sentier. C'est le genre de projets que Mlle Ross aime réaliser. Et voilà que je suis enfin en 7e année et sur le point d'être dans sa classe (en tout cas, je l'espère). Quelle sorte de projet entreprendrons-nous cette année? Mlle Ross est peut-être en train de tout planifier à l'heure qu'il est. Peut-être qu'elle se couche tard, occupée à mettre la dernière touche à une grande présentation.

J'ai tellement hâte que ce soit la semaine prochaine.

Il n'y a qu'une seule autre personne au monde aussi

fébrile que moi. Il se trouve que c'est mon meilleur ami. Le téléphone sonne. Je décroche immédiatement.

— Allô? Benji?

— Salut, Clarissa.

— À ton avis, qu'est-ce que Mlle Ross nous prépare pour cette année?

— Je ne sais pas. J'imagine qu'on le saura mardi.

— Moi, je ne peux pas attendre jusque-là.

— Qu'est-ce que tu vas faire?

— Je me disais qu'on pourrait appeler à l'école.

— Pourquoi?

— Pour parler à Mlle Ross.

Il y a une longue pause, ce qui veut dire que Benji essaie de trouver une façon de me faire savoir que je suis folle. Je le connais depuis cinq ans et je sais ce que signifie le moindre de ses silences.

— Qu'est-ce que tu vas lui dire? demande-t-il enfin.

— Je ne sais pas. Je pourrais me faire passer pour un parent et simplement lui poser la question.

— Et pourquoi te faire passer pour quelqu'un d'autre?

Franchement! Il n'y en a pas deux comme Benji. Je lui explique aussi patiemment que possible, moi qui ne suis pas d'un naturel patient.

— *Parce que* les enseignants ne révèlent jamais ce genre de choses aux enfants. Ils veulent qu'on ait la surprise. Mais je parie qu'elle le dirait à un parent. Les enseignants sont obligés d'informer les parents de ce genre de choses.

— Mais tu ne penses pas qu'elle reconnaîtra ta voix?

— Pas si je la change.

Benji n'est pas convaincu.

— Peut-être bien, dit-il.

— Alors, tu viens chez moi?

— Tout de suite?

— Oui, tout de suite. Il faut qu'on répète si on veut que notre appel soit réussi.

— On?

— Je raccroche, Benji.

— Entendu, j'arrive.

\* \* \*

Benji habite à côté, mais je ne l'ai remarqué que le jour où son père l'a oublié ici après l'avoir amené pour une coupe de cheveux. Il a dit qu'il avait une course à faire, mais c'était plutôt trois courses; puis il est tombé sur des amis et est allé manger en ville chez Good Times. Benji a donc passé le reste de la journée chez nous. Avant ce jour-là, il n'était à mes yeux que le garçon bizarre et maigrichon toujours à sa fenêtre, mais qui ne sortait jamais, et qui filait à toute allure jusqu'à l'école le matin, comme si se dépêcher ainsi le rendait invisible aux yeux des autres.

Ce jour-là, maman lui a offert le traitement royal : massage du cuir chevelu, lait au chocolat et consultation-shampoing, même s'il n'avait que sept ans à l'époque et que tous ces trucs sont le dernier des soucis d'un enfant de cet âge. Surtout un garçon. Mais Benji n'est pas comme les autres garçons. Il a adoré son expérience et a posé toutes sortes de questions. Il voulait sentir tous les produits et touchait tous les peignes et toutes les brosses. Maman était aux anges. Du moins jusqu'à ce que sa cliente suivante arrive et qu'elle le chasse dans la salle de séjour pour jouer avec moi.

Petit, maigre et un peu efféminé, Benji a toujours été l'objet de railleries. Il a toujours le nez dans un magazine et se tient à l'écart lorsque les autres garçons se rassemblent pour jouer au basketball. Chose certaine, il est plus féminin que moi, ce qui n'est pas très révélateur puisque je déteste m'habiller chic et que je me fiche éperdument des stupides magazines d'ados. On pourrait s'attendre à ce que j'aie un intérêt marqué pour les coiffures et la mode puisque ma mère est propriétaire d'un salon de coiffure. Mais je lui ai conseillé, il y a déjà longtemps, de trouver quelqu'un d'autre pour prendre la relève du Bazar Coiffure. Car dès que j'aurai terminé mon secondaire, je m'installerai à Hollywood pour devenir actrice. Je serai célèbre, et tous ces gens qui se sont moqués de moi ou qui m'ont sous-estimée regretteront de ne pas avoir été plus gentils avec moi. Ils allumeront leur téléviseur le soir et me verront traverser la scène pour accepter mon Oscar, alors qu'eux seront assis sur le canapé, en pyjama, à manger des Cheezies.

Benji m'a déjà proposé de devenir mon styliste. Quand on est célèbre, c'est important d'avoir des gens de confiance qui travaillent pour nous. Ils risquent moins de vendre notre journal intime à un tabloïde ou d'aller à une émission de variétés de fin de soirée raconter tout ce qu'ils savent sur notre vie amoureuse. Benji ne ferait jamais ça. Et puis, il est vraiment doué pour la coiffure. Maman dit qu'il a des doigts de fée, et je dois lui donner raison. De temps à autre, entre deux clientes, maman lui montre comment réaliser une nouvelle coiffure ou comment lisser les cheveux au séchoir. C'est moi qui lui sers de cobaye, et jamais il ne me tire les cheveux ou ne me pique avec une pince à cheveux; je ne peux pas en dire autant de ma mère, qui, tout le monde le sait, tire si fort que j'en ai les larmes aux yeux. Et c'est elle qui est censée être une professionnelle!

Avant, Benji se faisait drôlement malmener, et c'est l'une des raisons pour lesquelles nous sommes devenus amis. Il revenait à la maison en pleurant et en reniflant, et ma mère sortait de la maison en criant au meurtre après les garçons qui l'avaient brutalisé. Elle le prenait par la main et l'entraînait d'un pas énergique vers le salon de coiffure, où elle le faisait asseoir, et essuyait le sang et la saleté. Ensuite, elle appliquait un mélange spécial de fond de teint pour camoufler ses ecchymoses. Parfois, elle mettait un peu de fard à joues sur ses pommettes « pour lui donner bonne mine ». Elle se disait peut-être que si Benji avait l'air d'un garçon qui prenait l'air de temps en temps, les autres enfants le croiraient fort et en bonne santé, et donc capable de se défendre lors d'une bagarre. Pauvre Benji, après l'avoir traité de poule mouillée, on l'appelait maintenant le cinglé qui se maquille. Pourtant, ça n'a pas semblé le déranger beaucoup, car il a continué à venir au salon et à poser à ma mère toutes sortes de questions sur sa gamme de produits de soin pour les cheveux. Depuis ce jour-là, nous rentrons de l'école ensemble et, petit à petit, nous sommes devenus meilleurs amis.

\* \* \*

C'est beaucoup plus difficile de se faire passer pour quelqu'un d'autre au téléphone que d'imiter une signature. Dans le cas d'une signature, on n'a qu'à mettre un papier de soie sur un échantillon de l'écriture à imiter et le tracer à quelques reprises jusqu'à ce qu'on le maîtrise bien. Et puis, on peut toujours utiliser un crayon et repasser au stylo quand on est satisfait du résultat. Dans le cas d'un appel, on n'a qu'une seule chance, et il ne faut pas rater son coup. Aussi, on ne peut pas dire « comme » et « euh » tout le temps. Il faut prendre une voix plus grave et savoir quelles questions poser.

— OK, répétons une dernière fois. Tu es l'école, et moi le parent.

Benji soupire.

— D'accord.

— Dring, dring.

— Allô?

— Benji, tu dois dire le nom de l'école.

— Oups… École Ferndale.

Je fais de mon mieux pour prendre le ton autoritaire de ma mère.

— Oui, bonjour. Qui est à l'appareil?

— Mme Davis, la secrétaire.

— Bonjour, madame Davis. J'aimerais parler à Mlle Ross.

— O.K.

— Benji! Tu ne m'as pas demandé qui j'étais!

— Désolé, dit Benji. Qui êtes-vous?

— Mon nom est Annie Delaney, et ma fille fréquente votre école.

— Ne quittez pas, madame Delaney.

— C'est mademoiselle. Je ne suis pas mariée.

Benji écarquille les yeux.

— Crois-tu vraiment qu'elle dirait une chose pareille? Qu'elle corrigerait Mme Davis?

— Bien sûr que oui. Ma mère corrige tout le monde. Il faut que je sois crédible.

Finalement, après trois répétitions, je suis prête à me lancer. J'envoie Benji chercher quelque chose à manger en haut pendant que je passe l'appel. Je ne peux pas me laisser distraire durant ma performance.

La sonnerie semble durer une éternité avant qu'il y ait un déclic.

— École Ferndale, bonjour, dit Mme Davis.

C'est parti! Je respire à fond et parle de ma voix la plus calme.

— Oui, bonjour, je me demandais s'il était possible de

parler à Mlle Ross.

— Je suis désolée, le personnel enseignant est déjà parti.

— Oh, bien sûr, dis-je en réfléchissant rapidement. Mon nom est Annie Delaney, et j'appelais seulement pour, euh… confirmer que ma fille, Clarissa Louise Delaney, est bien dans la 7e B.

— Un instant, je vous prie.

Mme Davis me met en attente. Mon cœur semble palpiter au rythme du bip qui résonne dans le combiné tandis que j'attends. J'éloigne l'appareil de ma bouche et prends de grandes respirations. Benji descend l'escalier, un bâtonnet glacé géant dans chaque main.

— Alors? chuchote-t-il.

— Je suis en attente! Ne me regarde pas! Tu vas tout me faire rater!

Benji promène son regard autour de lui, à la recherche d'un endroit où se cacher.

— Où veux-tu que j'aille?

— Merci d'avoir patienté, madame Delaney…

— Mademoiselle, dis-je d'un ton insistant en tournant le dos à Benji.

— Mademoiselle Delaney, reprend Mme Davis. Je vois ici que Clarissa sera en 7e B.

Il s'en est fallu de peu pour que je pousse un cri de joie, mais je me ressaisis et réfléchis calmement, comme une adulte. De ma voix la plus polie, je demande :

— Puis-je savoir si Benjamin Denton sera aussi dans cette classe? J'ai dit à son père, David Denton, que je me renseignerais pour lui.

Il y a une autre pause. J'imagine Mme Davis, avec sa frange bouffante et ses boucles d'oreilles à pince, faire glisser son long ongle verni de rose sur la liste de noms.

— Voyons cela… Oui, Benjamin Denton sera également dans la 7e B.

— Oh, c'est vraiment… enfin, nous sommes très excités. Merci beaucoup, madame Davis.

Je raccroche avant qu'elle puisse me poser une autre question. Lorsque je me retourne, Benji affiche un grand sourire. Ses lèvres sont tachées de bleu à cause du bâtonnet glacé. Je m'écrie :

— Ça y est!

Benji me lance un bâtonnet glacé, et nous nous mettons à sauter en mangeant nos tubes glacés et en riant comme des fous. Ma mère passe la tête dans la porte du salon et nous observe en fronçant les sourcils.

— Qu'est-ce qui vous arrive? Vous êtes terriblement joyeux pour des enfants qui retournent à l'école mardi.

— Je voudrais bien qu'on soit déjà mardi, dis-je.

Ma mère me dévisage comme si j'étais un peu dérangée, et peut-être que je le suis.

— Maintenant je sais que tu as perdu la tête, conclut-elle.

Je ne tiens pas compte de sa remarque.

— Ce sera mon année, j'en suis sûre!

Je lève mon bâtonnet glacé.

— Je porte un toast!

Benji en fait autant.

— À Mlle Ross! dis-je.

— À Mlle Ross! répète Benji.

Nous engloutissons le reste de nos tubes glacés et nous effondrons sur le sol, atteints d'une forme aiguë d'excitation et de gel du cerveau.

# Cas désespéré

C'est le moment que je préfère dans la journée, juste après le souper, mais avant que les réverbères s'allument dans la rue. Dehors, l'odeur des hamburgers cuits au barbecue flotte toujours dans l'air, et le chant des grillons s'intensifie; on peut les entendre malgré les cris des enfants qui jouent au hockey dans la rue. Le fond de l'air est frais, beaucoup plus qu'il ne l'était il y a une semaine à peine. Ma mère et moi nous fixons dans le miroir du Bazar Coiffure.

— Alors, dit-elle en soupesant mes cheveux dans ses mains, qu'est-ce que ce sera cette année? Des mèches bleues? Une frange? Un fauxhawk?

Je roule les yeux.

— Ha, ha. Si je veux avoir l'air cinglée, je sais où aller.

Ma mère rit.

— Si jamais tu as envie de te payer une petite rébellion d'adolescente, tu peux toujours te faire faire une nouvelle tête chez Gipsy. Ce serait assurément le meilleur moyen de me faire rager.

Gipsy est le tout nouveau salon de coiffure en ville. Il fait partie des salons branchés, parmi les trois catégories établies par ma mère. Les salons de coiffure pour hommes ne comptent pas puisque leur clientèle est essentiellement masculine. Les salons branchés emploient des stylistes arborant tatouages et perçages, et portant des jeans ajustés ou des collants à motifs avec des hauts très décolletés, même pour les gars. C'est au salon branché que l'on va quand on veut se teindre les cheveux en violet ou se faire faire un mohawk ou toute autre coiffure que la plupart des gens trouveraient ridicule.

Gipsy a ouvert ses portes cet été, et ma mère n'arrête pas de maugréer depuis. La styliste en chef vient de Vancouver, où elle a travaillé sur des plateaux de tournage et coiffé des vedettes de cinéma.

— C'est de la frime, affirmait ma mère l'autre jour. Elle ne fera pas long feu. Attends que les clientes réalisent à quel point c'est difficile de faire allonger une mini-frange. Et puis, si elle avait autant de succès à Vancouver, qu'est-ce qu'elle est venue faire ici?

Denise, sa meilleure amie, s'est tapoté le nez.

— La drogue, a-t-elle dit.

Denise est persuadée que le trafic de drogue est à la source de toute richesse suspecte.

— Clarissa, a-t-elle poursuivi, ne touche pas à la drogue. Même si le gars est super charmant, n'accepte jamais de drogue. Ça te met le cerveau en bouillie et c'est mauvais pour le teint. Quand j'avais ton âge, ma mère ne m'en a pas parlé, mais c'est trop important pour que tu l'ignores.

Les salons des centres commerciaux font généralement partie d'une chaîne. Ils offrent les prix les plus bas et utilisent des produits qu'on peut acheter dans les infopublicités. Les coiffeuses y portent du blanc et trop de maquillage. Ma mère a déjà travaillé dans un salon de coiffure d'un centre commercial, appelé Coup de ciseau.

— Je faisais des permanentes et coupais des franges huit heures par jour. J'avais une demi-heure pour dîner et aucune pause. J'avais l'impression d'être un pion sur un damier.

Aujourd'hui encore, elle déteste faire des permanentes, car l'odeur des produits chimiques lui rappelle l'époque où elle travaillait au Coup de ciseau.

Les salons « granola » font partie de la dernière catégorie. Tout le monde y parle à voix basse, et des CD de sons de la nature jouent constamment. Si on vous offre quelque chose à boire, ce sera de l'eau ou du thé vert. Les produits capillaires utilisés sont tous naturels, bios et gorgés d'huiles essentielles. Ma mère ne veut rien savoir de ça.

— Si je veux me rapprocher de la nature, je vais faire du camping, dira-t-elle. Le gruau, c'est pour manger, pas pour traiter le cuir chevelu.

Ma mère les appelle les salons « granola » parce qu'ils attirent une clientèle hippie.

— Pire encore, ils attirent celles qui se prétendent hippies, mais qui dépensent des centaines de dollars au centre commercial pour avoir l'air hippie.

Ce seul mot suffit à lui faire lever les yeux au ciel.

Le Bazar Coiffure n'appartient à aucune de ces catégories. Ma mère reçoit les dames de notre petite ville à la recherche d'une belle coupe dans un environnement agréable, et c'est pourquoi le salon ressemble à une cuisine ensoleillée avec ses rideaux blancs vaporeux, ses tuiles en damier noires et blanches, ses murs jaunes et ses fauteuils inclinables rouges. Tous les matins, ma mère allume une bougie à la vanille pour rendre le salon encore plus accueillant. Les gens disent toujours que le Bazar Coiffure leur rappelle le petit salon du film *Potins de femmes*. Ça fait sourire ma mère, car c'est l'un de ses films préférés. Après *Pretty Woman*, bien sûr.

Ma mère me sourit dans le miroir, jouant avec mes cheveux pour tenter de trouver la coupe parfaite. J'essaie de détourner les yeux, mais c'est difficile quand vous êtes assise devant un immense miroir et que votre mère vous dévisage.

Je passe le moins de temps possible à me regarder dans la glace. Je sais que je ne suis pas laide, mais je ne suis pas belle non plus. Je suis très grande, la troisième plus grande de ma classe. Mes jambes sont vraiment longues, mais pas dans le sens positif du terme; longues au point qu'aucun pantalon ne me va. Je suis plate comme une planche à pain, ce qui m'arrange, et mes cheveux semblent incapables de décider s'ils préfèrent être lisses ou frisés. Je les attache presque toujours en queue de cheval pour cacher le fait qu'ils sont atroces.

— Ne t'inquiète pas, Clarissa, dit ma mère en devinant mes pensées. Actuellement tes cheveux sont hyperstimulés par les hormones. Ça s'arrangera après la puberté.

Je déteste ça quand elle utilise des mots comme puberté.

J'ai cette image de moi en tête, et chaque fois que j'aperçois mon reflet dans le miroir, je suis toujours un peu étonnée de voir la personne qui me fixe. J'imagine mon nez plus petit, mes joues moins rondes et mes yeux plus verts que bruns. Ça n'arrange rien que ma mère soit d'une beauté époustouflante, avec son visage en forme de cœur, ses fossettes, ses grands yeux bleus et ses épais cheveux blond doré. Elle a même un prix pour le prouver. À dix-sept ans, ma mère a remporté le concours de beauté à une fête foraine et elle a terminé deuxième à la finale régionale, même si elle n'en parle jamais. Son titre officiel était *Dairy Queen*, ce qui n'avait rien à voir avec le comptoir de crème glacée, malheureusement; en fait, le concours était parrainé par les producteurs laitiers de l'Ontario.

C'est Denise qui me raconte toutes ces histoires. À l'entendre, on croirait que c'est elle qui a gagné, et non ma mère.

— Oh, Clarissa, elle était un régal pour les yeux! La

pauvre Janice Beal a cru bon de traverser le podium en dansant la claquette, mais elle n'a pas réussi à faire oublier son nez retroussé. N'est-ce pas, Annie?

Ma mère refuse d'ajouter quoi que ce soit. Si elle est déçue que sa fille n'ait pas l'étoffe d'une reine de beauté, elle n'en parle jamais. Tant mieux. Je n'ai aucune envie de me pavaner en maillot de bain ou de sourire bêtement tout le temps. N'empêche… J'aurais bien aimé avoir une fossette.

— Veux-tu que je te les lisse? Ou que j'ajoute quelques mèches?

Je n'aime pas cette façon qu'elle a d'examiner mes cheveux, comme si j'étais un cas désespéré. Même si elle peut les arranger, ça ne veut pas dire que j'ai envie qu'elle le fasse. Ce sont mes cheveux, après tout. Si je veux me raser la tête ou me faire des rastas, ça ne la regarde pas. Je repousse ses mains qui frôlent ma tête.

— Je ne veux pas leur faire quoi que ce soit.

— Très bien, soupire ma mère. Allons-y pour un shampoing et une coupe d'entretien. Maintenant, ferme les yeux et je vais te faire un traitement du cuir chevelu.

Avant le shampoing, ma mère masse toujours la tête et les épaules de ses clientes pendant cinq minutes. Elle appelle ça un traitement du cuir chevelu. C'est sa spécialité. Certaines jurent que personne en ville ne fait de meilleures teintures que ma mère; mais à vrai dire, ce sont les massages qui les incitent à revenir. Les gens lui demandent constamment si elle a suivi un cours de massothérapie, et ma mère répond :

— Non. Je suis née avec ce talent au bout des doigts.

Et elle ne plaisante pas. Elle commence d'abord par les épaules et les pétrit jusqu'à ce qu'elles soient molles comme de la guenille. Puis elle remonte dans le cou, et ses doigts glissent derrière les oreilles et dans les cheveux, et tous les tracas s'envolent. Pendant que ma mère s'adonne à son art, les clientes relâchent les mâchoires et entrouvrent légèrement la bouche; quand elles s'abandonnent et aiment beaucoup, certaines bavent même un peu. Une fois que c'est terminé, elles ouvrent les yeux et clignent des paupières comme si elles se réveillaient après n'avoir jamais aussi bien dormi. Parfois, elles sont incapables de parler jusqu'à ce que l'eau fraîche du rinçage les ranime un peu. C'est dire à quel point ma mère est douée.

Quand j'étais petite, elle perfectionnait son art sur moi. Je grimpais sur ses genoux, m'adossais contre elle et restais assise là à sucer mon pouce, quelque part entre le sommeil et l'éveil, et la laissais me masser aussi longtemps qu'elle le voulait. C'était avant que je devienne trop vieille pour ce genre de chose. Maintenant, quand je veux un massage du cuir chevelu, je dois me faire couper les cheveux comme tout le monde.

# Cailloux

J'ai beau essayer, je n'arrive pas à m'endormir. J'ai sorti mes vêtements, fait et refait mon sac à dos. J'ai même préparé mon lunch. Je ne me rappelle pas avoir été aussi excitée de retourner à l'école. Avant, le premier jour d'école signifiait la fin de l'été. Cette année, il correspond au premier jour du reste de ma vie. En entrevue, les acteurs et actrices célèbres parlent toujours des gens qui ont changé leur vie. Je ne peux pas l'expliquer, mais je sais que, pour moi, Mlle Ross sera cette personne.

J'ai fait la connaissance de Mlle Ross en troisième année. Il y avait un nid de rouges-gorges dans l'un des arbres qui bordent la cour d'école, et un groupe de garçons essayait de le faire tomber en lançant des cailloux dessus.

— Hé! ai-je crié. Ôtez-vous de là! Laissez-les tranquilles!

Quelques garçons se sont dispersés, mais les plus âgés se sont contentés de rire en continuant à lancer des cailloux, et tout ce qu'ils pouvaient trouver d'ailleurs, en direction du nid. C'est à peine si on entendait les oisillons pépier.

— Vous aimeriez ça, vous, que je vous lance des cailloux?

Personne n'a répondu. J'ai pris une poignée de gravier et je me suis mise à en lancer dans leur direction. Je ne visais pas leur tête, mais je ne suis pas très précise dans mes tirs et, même si je voulais les atteindre au dos, j'ai raté mon coup à quelques reprises et les ai touchés en pleine nuque. Ça ne s'est pas passé comme je le voulais, mais au moins j'ai attiré leur attention.

— Hé! Pour qui tu te prends?

Tout à coup, ils ont oublié le nid et m'ont prise pour cible. J'ai replié mon bras devant mon visage pour protéger mes yeux tandis que les cailloux sifflaient dangereusement près de ma tête. Ils visaient beaucoup mieux que moi. J'ai pivoté sur mes talons et foncé en plein sur Mlle Ross. Benji se tenait près d'elle.

— Est-ce que ça va? m'a-t-il demandé tout bas.

— Ça suffit comme ça, messieurs.

Les garçons se sont aussitôt immobilisés. Mlle Ross n'est pas très grande, mais elle sait comment en imposer. Elle possède ce que ma mère appelle une forte personnalité.

— J'ai pris la liberté de prévenir la directrice que vous l'attendriez à l'extérieur de son bureau, a-t-elle dit aux garçons.

Ils ne paraissaient plus aussi braves maintenant. Se faire pincer, c'est gênant, mais quand c'est par Mlle Ross, c'est l'humiliation suprême. L'un d'eux a fait la moue et m'a montrée du doigt.

— Mais c'est elle qui a commencé! a-t-il gémi.

Mlle Ross lui a indiqué de se taire d'un geste de la main.

— Je m'occupe de Clarissa.

J'ai levé les yeux vers elle, bouche bée. Elle connaissait mon nom!

Les garçons se sont éloignés en ronchonnant. L'un d'eux m'a jeté un regard de travers. J'ai redressé le menton et fait semblant de ne pas l'avoir vu. Qu'est-ce que j'avais à me reprocher? Ce n'était pas moi qui tuais des bébés oiseaux.

— Viens avec moi, s'il te plaît.

Mais alors que je suivais Mlle Ross dans la cour et jusque dans sa classe, mon estomac s'est noué. Je n'avais peut-être rien fait aux oiseaux, mais j'avais bel et bien lancé des cailloux sur quelqu'un. Certaines personnes penseraient probablement que c'est pire. Et Mlle Ross était peut-être l'une d'elles. Je ne la connaissais pas très bien à ce moment-là. Les élèves plus âgés ne nous accordaient pas beaucoup d'attention, à nous les plus jeunes, et ce que nous savions d'elle venait de bribes de conversation entendues dans les couloirs ou dans la cour. Lors de la première journée d'école, les élèves qui n'étaient pas dans sa classe passaient l'heure du dîner à pleurer. Elle était comme le magicien d'Oz, et je m'apprêtais à accéder à sa cité d'Émeraude.

— Je t'en prie, entre, Clarissa.

Entrer dans la classe de Mlle Ross, c'était comme pénétrer au cœur d'un arc-en-ciel. Je ne savais pas où regarder. Des étagères rouges occupaient tout un mur et croulaient sous les livres. Des cerfs-volants aux couleurs pastel étaient suspendus au plafond; l'un d'entre eux était peint en bleu pâle et parsemé de nuages blancs. Derrière son bureau, Mlle Ross avait accroché une vraie toile, de la taille d'un tableau d'affichage, représentant un arbre dont les branches étaient garnies d'oiseaux plutôt que de feuilles. Les oiseaux étaient tous de couleurs différentes, et il y en avait bien trop pour les compter.

Mlle Ross a souri en apercevant le tableau et a effleuré la toile de ses doigts. La peinture était si épaisse qu'elle formait des saillies brillantes. J'aurais voulu les toucher, moi aussi.

— J'ai toujours aimé les oiseaux, a déclaré Mlle Ross.

Elle a déroulé l'écharpe autour de son cou et a glissé sa main sous le col de son chemisier pour en sortir une chaîne. Un oiseau argenté pendait au bout, les ailes déployées, en plein vol. Il était assorti à ses boucles d'oreilles en forme de délicates plumes argentées, qui brillaient au soleil et semblaient presque réelles. Elle m'a tendu le pendentif pour me le montrer. Je me suis penchée en avant, en gardant mes bras le long du corps. Mes mains étaient encore sales à cause du gravier, et je ne voulais pas salir le bijou.

— Je l'ai fait il y a longtemps, au camp de vacances, a expliqué Mlle Ross.

Ce souvenir l'a fait sourire.

— Je l'ai façonné moi-même au marteau, a-t-elle poursuivi en passant ses doigts sur les bosselures.

— On dirait des écailles, ai-je fait remarquer.

Mlle Ross a ri, mais d'un rire amical.

— C'est vrai! Les gens m'offrent toujours des choses avec des oiseaux dessus : des cartes, des tasses, tout ce qu'on peut imaginer. J'ai même un recueil de poèmes sur les oiseaux. Tu sais, les Haïdas ont des totems pour représenter leurs clans. Moi, j'ai adopté l'oiseau en guise de totem.

— Quelle sorte d'oiseau?

— Ça dépend. Actuellement, je suis fascinée par les pies. Ce sont des collectionneuses. Elles trouvent des bouts de laine et de fil, parfois des bijoux égarés, et s'en servent pour décorer leurs nids. Chacun d'eux est vraiment unique et magnifique.

J'ai compris pourquoi Mlle Ross aimait autant les pies. Sa classe était comme un nid de pie, remplie de belles choses.

— Quelle sorte d'oiseau suis-je? ai-je demandé.

— Toi, Clarissa, tu as l'âme d'un aigle. Tu es une brave combattante et une amie fidèle.

J'aimais bien comment ça sonnait.

— Mais même les aigles doivent savoir quand il faut s'arrêter, a-t-elle ajouté doucement.

— Je vais avoir des ennuis?

Avant qu'elle ait pu répondre, je me suis hâtée de poursuivre.

— Je voulais seulement sauver les oiseaux! Il y avait des bébés dans le nid, et ces garçons essayaient de le faire tomber. Ils seraient morts.

— Ton ami Benji m'a expliqué que tu essayais de les protéger. C'est tout à ton honneur. Mais il y d'autres façons d'empêcher ce genre de chose de se reproduire. Peux-tu penser à un autre moyen?

— Avertir un enseignant?

— Exactement. Laisse-moi m'occuper de ces garçons. C'est aussi mal de lancer des cailloux sur quelqu'un que sur des oiseaux.

— Non, c'est faux! ai-je protesté. Un oiseau ne peut pas se défendre en en lançant aussi!

— Tu as un cœur noble, Clarissa. C'est admirable. Mais quelqu'un aurait pu être gravement blessé. Si tu lances des cailloux sur une autre personne, tu es tout aussi coupable que celui qui les lance sur les oiseaux. L'intention est la même : faire mal à un autre être vivant. Tu comprends?

Vu sous cet angle, c'était logique. J'avais honte.

— Est-ce que je dois aller aussi au bureau de la directrice?

Mlle Ross a souri. Même ses dents étaient superbes.

— Je suis certaine que Mme Donner en a déjà plein les bras. Écoute, cette fois je vais faire une exception. Mais je veux que tu me promettes de ne plus jamais lancer de cailloux sur un être vivant.

— Je vous le promets, ai-je répondu d'un ton solennel.

Elle m'a tendu la main et je l'ai serrée, comme le font les adultes. Ses bracelets ont cliqueté à son poignet. Je lui aurais promis n'importe quoi.

— Clarissa, ce fut un plaisir de faire ta connaissance.

Puis elle a prononcé des mots magiques.

— J'ai hâte de t'avoir dans ma classe.

# Coup bas

Enfin, c'est la première journée d'école. J'ouvre brusquement les yeux et je suis tellement réveillée que le sommeil me semble un concept étrange et lointain. Je bondis hors du lit et entreprends de m'habiller. Je remets en question mon choix de la veille et change d'idée. Mon chemisier bleu est neuf, mais mon vieux tee-shirt avec un arbre et des feuilles surpiquées est plus décontracté, et plus dans le style de Mlle Ross. Elle aime la nature et l'environnement, et quoi de plus vert qu'un tee-shirt à motif d'arbre? Un *tree-shirt*. Ha, ha! Il faudra que je me souvienne de la dire à Benji, celle-là.

J'ai décidé de laisser mes cheveux friser. Ce n'est pas toute ma tête qui frise, mais surtout l'arrière et le dessous; et c'est plus facile d'enduire mes cheveux de gel et de les froisser que de les lisser. Je vais vite chercher une bouteille de gel tenue extrême « spécialement formulé pour cheveux frisés » au Bazar Coiffure et qui sent les bonbons haricots. Lorsque je tire mes cheveux sur les côtés vers l'arrière et que je les fixe avec des barrettes, c'est presque joli, et on ne voit pas que le devant ne frise pas autant. Je trouve que ça me fait paraître plus vieille.

Je n'ai pas besoin de parler de mes cheveux au petit déjeuner. Ma mère s'en charge.

— C'est à ton père que tu dois ces boucles.

Je mâche mes céréales et fais mine de ne pas être intéressée. C'est plutôt rare qu'elle dise quelque chose de positif à propos de mon père. Je ne sais pas grand-chose à son sujet, seulement que son nom est Bill et qu'apparemment, il a les cheveux frisés. Je ne l'ai jamais rencontré. Ma mère et lui se sont séparés avant ma naissance, et il a déménagé dans l'Ouest pour vendre de l'assurance-vie. Elle ne lui a même jamais dit qu'elle était enceinte; avant, je pensais que c'était un coup bas, mais Denise soutient que, quand il est question de mon père, aucun coup n'est assez bas. Les gens me demandent souvent s'il me manque. Mais comment un inconnu pourrait-il me manquer? Et puis, à la façon dont ma mère et Denise parlent de lui, il n'a pas l'air du type de père qui manquerait à son enfant. Ma mère fait attention de ne pas trop dire du mal de lui devant moi, mais une fois, je l'ai entendue discuter avec Denise, et elle l'a traité de loque humaine. Voilà un discours plutôt inhabituel pour une reine de beauté.

Plus d'une fois, Denise m'a dit :

— Crois-moi, la puce, ton père a laissé la meilleure partie de lui-même derrière lui, ici, avec ta maman.

Puis elle m'a tapoté le genou et m'a fait un clin d'œil pour que je comprenne qu'elle parlait de moi.

Malheureusement, Denise est la meilleure amie de ma mère. Elle est très grande, et elle fait teindre ses cheveux roux au salon toutes les quatre semaines. Elle a de grands pieds, de grandes mains et des traits chevalins. Elle ne gagnerait probablement aucun concours de beauté; mais elle se rattrape en portant beaucoup de maquillage et des vêtements ajustés. Denise n'a pas d'enfants et croit qu'on est tous des demeurés, et c'est pour ça qu'elle se donne autant de mal pour être certaine que je l'ai bien comprise.

Si vous voulez mon avis, elle passe beaucoup trop de temps chez nous. Il y a quelques semaines, elle a commencé à venir faire un tour le matin avant d'aller travailler. Depuis, je me réveille au son de ses caquètements lorsqu'elle rit des blagues de ma mère pendant qu'elles prennent un café dans la cuisine. La première fois que c'est arrivé, ça m'a réveillée, et j'ai cru un instant qu'une bernache avait atterri dans notre cour. C'est à ce point. Mais parfois, elle apporte des petits beignets saupoudrés de sucre glace. Comme ce matin. J'en fourre un dans ma bouche et en prends deux autres pour le dîner. Ma mère fronce les sourcils.

— Trois beignets, tu ne trouves pas que c'est un peu trop?

— Il y en a un pour Benji, dis-je, même si ce n'est pas vrai.

— Oh, comme j'aimerais être encore jeune et avoir un métabolisme pareil! soupire Denise.

Je lève les yeux au ciel, lance un au revoir derrière moi et cours chercher Benji. Le premier jour du reste de ma vie a commencé!

\* \* \*

— Tes cheveux sont différents, dit Benji.

Il est assis sur son perron et fait mine d'enlever des peluches sur son jean. C'est le même jean qu'il a porté toute l'année dernière, et il n'est même pas un peu court. Quant à moi, j'ai dû m'acheter des tas de vêtements neufs parce que j'ai trop grandi cet été. Je serai probablement la deuxième plus grande de la classe maintenant.

Je lui lance un regard furieux.

— Différents dans le sens négatif ou positif?

— Positif. Tu es…

Benji réfléchit quelques secondes.

—… jolie.

— Super. Donc avant je n'étais pas jolie.

— Non, non. Avant, tu te fichais d'être jolie ou pas.

25

Maintenant, on dirait que tu t'en préoccupes.

— Eh bien oui, je m'en fiche. J'essaie seulement quelque chose de nouveau.

Benji change de sujet.

— Je croyais que tu allais porter le chemisier bleu.

— J'ai changé d'idée, dis-je en haussant les épaules, comme si c'était sans importance.

Benji examine mon tee-shirt.

— Je comprends. Mlle Ross aime l'environnement et donc…

— Pas juste pour ça. Je le trouve cool. C'est toi qui as dit que c'était un tee-shirt cool, tu te souviens?

Je suis un peu embarrassée. Je me demande si Mlle Ross pensera que je ne suis pas très subtile.

— De plus, c'est mon *tree*-shirt, dis-je sans conviction.

Un large sourire se dessine sur le visage de Benji, et il se met à rire.

— Un *tree*-shirt! Elle est bonne, celle-là!

Je me sens beaucoup mieux. À la moindre petite blague, Benji rit fort sans se préoccuper de qui peut l'entendre, qu'il soit au cinéma, dans une classe ou juste en train de marcher dans la rue. Si c'est drôle, il rit. Il devrait démarrer une entreprise qui permettrait à des comédiens de le payer pour qu'il assiste à leurs spectacles. Il ferait fortune.

— Allez, je ne veux pas être en retard!

— On a le temps, dit Benji.

— Si on ne s'en va pas tout de suite, Denise va sortir et nous parler indéfiniment de ses pieds.

Benji s'anime un peu.

— Denise est là?

J'avais oublié que, pour une raison quelconque, Benji n'est agacé ni par le rire sonore de Denise ni par le flot de paroles inutiles qui sort de sa bouche. Je balance mon sac à dos sur mon épaule et commence à marcher.

— Moi, j'y vais!

— J'arrive, j'arrive!

\* \* \*

— Salut, Clarissa! Salut, Benji!

Mattie Cohen quitte un petit groupe d'élèves et court dans notre direction. C'est la seule personne que je connais qui porte encore une robe lors de la première journée d'école. Cette année, sa robe est en tissu écossais bleu marine et vert forêt, et elle est boutonnée jusqu'en bas. Elle la porte avec un chemisier blanc et des bas aux genoux (ils montent vraiment jusqu'aux genoux), et ce, même s'il fait déjà au moins 20 degrés. Elle semble sortie tout droit de Poudlard.

— Salut, Mattie.

— J'aime tes cheveux, Clarissa.

Je voudrais bien lui dire que j'aime ses cheveux ou sa robe, mais je ne crois pas pouvoir le faire sans esquisser un sourire narquois, et j'essaie d'être plus aimable cette année.

— Merci.

— Comment a été ton été?

— Bien.

— Le mien a été fantastique! Je suis allée au camp de vacances, j'ai fait partie de l'équipe de natation et j'ai même gardé chez les voisins une fois. Ils viennent d'avoir un bébé. C'est incroyable, non? Je n'ai même pas encore treize ans et ils m'ont confié leur nouveau-né.

Tu parles. S'il y a quelque chose que je déteste encore plus que Mattie Cohen, ce sont les bébés.

— C'est super. Viens, Benji.

— J'aime beaucoup ta robe, Mattie.

— J'ai dit *viens*, Benji.

La sonnerie retentit enfin et nous entrons tous dans la classe. Voilà, c'est le moment que j'attends depuis ce fameux jour en troisième année. Peut-être même avant. Je ne suis pas nulle à l'école, mais je ne suis pas la meilleure non plus. Malgré cela, j'ai l'impression que je vais épater tout le monde cette année avec mes talents artistiques et mes aptitudes pour les maths. Moi, Clarissa, qui n'ai jamais réussi à dessiner autre chose que des bonhommes fil de fer, je créerai soudain des chefs-d'œuvre. Mlle Ross appellera ma mère pour discuter des poèmes sages et profonds que j'écrirai dans le cadre du cours de français. L'enseignante de musique me suppliera de chanter le solo à la grande fête de Noël. Peut-être que je suis un génie depuis le début et qu'aucun de mes autres enseignants n'a été assez intelligent pour s'en apercevoir. Si quelqu'un doit me découvrir, ce sera Mlle Ross.

Vous pouvez donc imaginer ma déception lorsqu'un homme mince aux cheveux roux ouvre la porte et lance :

— Bonjoooooour, mesdemoiselles et messinges. Je suis M. Campbell et c'est moi qui commanderai le navire de la 7ᵉ B.

# Cauchemar

M. Campbell ajoute que son prénom est Tony, puis il poursuit avec une histoire vraiment ennuyeuse, expliquant que les gens avaient l'habitude de le surnommer Tony le tigre à cause de son prénom et de ses cheveux roux. Pire encore, il fait une imitation du personnage et ne remarque même pas que seuls quelques élèves rient de sa blague on ne peut plus stupide. Benji est l'un d'eux, bien sûr. Le traître.

— Y a-t-il des questions avant qu'on plonge dans les sciences?

Je lève la main.

— Oui, mademoiselle?...

— Delaney. Clarissa Delaney.

— Que puis-je faire pour toi, Clarissa?

— Où est Mlle Ross?

Tony le tigre affiche toujours son grand sourire niais.

— Je crois qu'elle prend une année sabbatique.

Je ne sais pas ce que ça veut dire, mais ça me paraît grave et dangereusement permanent.

— Est-ce qu'elle va revenir?

— Je ne suis pas certain d'être la bonne personne à qui poser cette question, Clarissa.

— Alors à qui dois-je la poser?

— Je crois qu'il s'agit ici de renseignements personnels.

— Donc vous ne le savez pas?

— Non, je ne le sais pas. Ce que je sais, par contre, c'est que nous allons passer une année forrrrrmidable!

J'en doute fort.

Je me sens comme un zombie; j'agis en somnambule durant tout le premier cours. M. Campbell nous distribue cahiers et manuels et parle de l'année qui commence, mais je n'arrive pas à me concentrer. Benji essaie sans cesse d'attirer mon attention, mais je fais semblant de ne pas le voir. Je suis tellement déçue que je pourrais pleurer ou frapper quelque chose, et dans les deux cas ce n'est pas une bonne façon de commencer la 7e année.

Dans la pièce, toute trace de couleur s'est envolée. Envolé aussi, l'énorme tableau de l'arbre derrière le bureau. À sa place, M. Campbell a affiché une grande carte géographique piquée de nombreuses punaises. Au-dessus, le titre *Mais où est donc passée la 7e B?* est écrit en lettres vertes et bleues taillées dans du papier de bricolage. Toutes les plantes qui ornaient le bord des fenêtres ont disparu. Même chose pour les petites étagères rouges où se trouvait l'imposante collection de livres personnelle de Mlle Ross. Je m'étais imaginée en train de les lire, assise dans l'un des fauteuils poire avec des rayures aux couleurs vives qu'elle avait disposés au fond de la classe et qui ont été remplacés par une longue table et des chaises en plastique. Mais le pire dans tout ça, c'est qu'il n'y a plus d'oiseaux nulle part. J'ai beau essayer, je ne trouve plus la moindre trace du passage de Mlle Ross.

Je ne sais rien à propos de ce M. Campbell. Aime-t-il les baleines? Écrit-il ses propres parodies avec des répliques pour chaque élève à l'occasion de la grande fête de Noël? Joue-t-il de la guitare et fait-il chanter toute la classe en chœur? Est-il au courant que tous les enfants à l'école Ferndale comptent les jours jusqu'à la 7e année tellement ils ont hâte d'être dans la classe de Mlle Ross, et qu'il est venu tout gâcher?

\* \* \*

À l'heure du dîner, tout le monde parle de M. Campbell et se demande s'il est marié, s'il a des enfants. Enfin, pas tout le monde. Surtout Mattie Cohen et ses amies, mais elles parlent si fort qu'on dirait que c'est le sujet de conversation dans toute la cafétéria.

— Il est plutôt séduisant. Tu ne trouves pas?

— Pour un enseignant, oui.

— Moi, je le trouve séduisant. Je parie qu'il a une ravissante épouse et un bébé.

Je me fiche éperdument de M. Campbell et de savoir s'il a une femme et un bébé. Tout ce que je sais, c'est qu'il n'est pas Mlle Ross, et ça c'est grave, très grave.

\* \* \*

Lorsque la plus longue journée d'école du monde se termine enfin, je cours presque dans les couloirs vers la sortie. Ah, la liberté! Je prends une grande respiration. Ça sent encore l'été.

— Attends!

Benji est retenu derrière un groupe de garçons de 8e année. Ceux-ci se rapprochent de façon à former un mur autour de lui, riant et l'insultant tandis qu'il tente de les contourner.

— Pourquoi es-tu si pressé? demande l'un d'eux d'un ton railleur.

— Ouais, il y a le feu ou quoi?

Ils le bousculent un peu et l'un des garçons se racle bruyamment la gorge et crache dangereusement près de la chaussure de Benji. Il finit par se faufiler entre eux et me rattrape en courant. Il a les joues roses et le souffle court.

— Nullards, dis-je tout bas. Viens, il me faut une

barbotine.

Nous entrons dans le dépanneur en silence. J'ai peur de me mettre à pleurer si j'ouvre la bouche, et Benji se garde bien de dire quoi que ce soit. N'empêche que nous pensons à la même chose. L'année sera longue. D'autres élèves passent près de nous en riant et en chahutant, mais moi je n'ai pas le cœur à rire. Je ne peux m'empêcher de songer à l'année que j'avais prévue, et à tous les prix et récompenses que j'allais recevoir.

Même une barbotine à la framboise bleue super grand format ne parvient pas à me réconforter. J'en avale autant que je peux jusqu'à ce que je sois obligé d'arrêter tant le gel de cerveau est insupportable.

— Tu veux des Nerds? m'offre Benji.

Je tends la main, et il tapote la boîte : les bonbons vert fluo tombent dans la paume de ma main. Je les jette dans ma barbotine et regarde le vert fluo lui donner une coloration brun foncé.

— Dégoûtant, dit Benji.

— Ça va bien avec mon humeur.

Nous continuons à marcher en silence pendant un moment.

— Si on se dépêche, on pourra voir la fin de *La Fête à la maison*.

Je pousse un grognement. Comme si ça allait me remonter le moral.

*La Fête à la maison* est l'émission préférée de Benji. C'est une vieille série télévisée qu'il a découverte alors qu'elle passait en rediffusion. Il adore l'idée de tous ces gens vivant sous un même toit. Pas moi. Je deviendrais folle entourée de tous ces oncles et toutes ces sœurs. Je déteste particulièrement Michelle Tanner. C'est le personnage que j'aime le moins. Tout le monde lui pardonne toujours tout parce qu'elle est tellement jolie. Si vous voulez mon avis, Michelle Tanner se croit tout permis parce qu'elle est belle. On diffuse des épisodes de 60 minutes à 16 heures. Je préférerais regarder les émissions de sauvetage en direct, mais Benji dit qu'elles lui font faire des cauchemars. De plus, ma mère prétend que les cris et le bruit de toutes ces sirènes perturbent ses clientes. Donc, je n'ai jamais gain de cause. Au moins, l'oncle Jesse est vraiment drôle.

\* \* \*

— On est là!

Ma mère répond quelque chose, je devine à son ton de voix qu'elle est avec une cliente. Benji et moi laissons tomber nos sacs à dos dans la cuisine, prenons quelques biscuits en passant et descendons au sous-sol. En bas, à gauche, se trouve le Bazar Coiffure. Devant, c'est la salle familiale. Habituellement, ma mère laisse un intervalle de dix minutes entre les rendez-vous, et les clientes ont rarement à attendre. Mais au cas où, elle a descendu deux de nos chaises de cuisine pour créer une salle d'attente à l'extérieur du salon. Entre les chaises se trouve une table basse sur laquelle trône une énorme pile de magazines. La plupart sont des magazines de coiffure, mais nous sommes également abonnées à *People* et à *Hello! Canada* pour permettre aux clientes de jeter un coup d'œil sur les coiffures des célébrités. L'une de mes tâches consiste à m'assurer que les nouveaux numéros sont ajoutés chaque semaine.

— Personne ne veut fréquenter un salon de coiffure et lire des magazines qui datent de l'année dernière, affirme ma mère. On nous trouvera démodées.

Quand j'étais petite, j'aimais bien venir dans la salle d'attente et bavarder avec les clientes de ma mère. Mais maintenant, je préfère être seule avec Benji et la télé. L'an dernier, ma mère a installé trois paravents japonais pour séparer la salle d'attente de la salle familiale. Mais même avec les paravents, je dois baisser le volume de la télé quand ma mère est avec une cliente, ce qui est plutôt injuste puisque c'est aussi ma maison. Mais ma mère dit que la télévision ne crée pas l'atmosphère qu'il faut dans un salon de coiffure. Elle allume plutôt la radio et syntonise une station de musique country.

— Dans les chansons country, les gens parlent toujours de leur histoire, dit-elle, exactement comme dans les salons de coiffure. Les clientes viennent pour une coupe et une teinture, mais elles viennent aussi pour parler de leurs soucis. Et donc, quand elles repartent, elles ont la tête et le cœur un peu plus légers.

Benji et moi fixons l'écran, mais il n'y a que lui qui écoute vraiment. Je continue d'imaginer l'année comme elle aurait dû se dérouler, et je me sens de plus en plus mal. J'ai hâte que Benji et les clientes soient partis pour avoir enfin ma mère à moi toute seule, juste un petit moment.

\* \* \*

À la fin de la journée, ma mère accompagne sa dernière cliente en haut de l'escalier et la salue, puis elle redescend et monte le volume de la radio. C'est le signal que j'attends pour prendre le seau sous l'évier et me diriger vers le salon pour l'Heure dynamo.

Ce nom est inspiré d'une émission religieuse qui passe à la télé le dimanche matin et qui s'adresse aux gens qui ne peuvent pas se rendre à l'église. Chez nous, l'Heure dynamo est une heure de ménage intense, nommée ainsi pour deux raisons. Premièrement, ma mère est une frotteuse énergique qui aime accomplir le travail rapidement, et deuxièmement, elle croit profondément à ce dicton : « La propreté du corps est parente de la propreté de l'âme ». Même si c'est un peu ridicule, j'aime bien l'Heure dynamo.

L'une des rares choses dont j'ai hérité de ma mère est sa passion pour le nettoyage. J'ai horreur de la saleté, et mon parfum préféré est celui du nettoyant maison de ma mère. Denise l'a baptisé Annie Net. Il sent le citron, le vinaigre et autre chose encore que je n'arrive pas à identifier. C'est plutôt piquant et épicé, comme les arômes que l'on peut sentir dans les restaurants indiens. Le Annie Net convient à toutes les surfaces et ne laisse jamais de résidu ou de film graisseux. En plus, il ne contient que des ingrédients naturels, ce qui est mieux pour l'environnement. La recette du Annie Net est ultra-secrète, et s'il y a une chose à laquelle ma mère excelle encore plus qu'au ménage, c'est l'art de garder un secret. Une fois par mois, elle fabrique une grande quantité de nettoyant pendant que je suis à l'école et, à mon retour, je trouve une rangée de vaporisateurs achetés au magasin à un dollar bien alignés sous l'évier. C'est exaspérant. J'ai suggéré plusieurs fois que l'on vende du Annie Net et que l'on fasse plein d'argent, mais ma mère dit qu'elle préfère garder certaines choses dans la famille. Si c'est ce qu'elle veut… Mais lorsqu'elle mourra et me léguera sa recette, je commercialiserai le Annie Net et je ferai des millions de dollars.

Durant l'Heure dynamo, ma mère s'occupe de chaque poste individuel, de l'évier, des sèche-cheveux, de tous les peignes et de toutes les brosses. Mon travail consiste à balayer et à laver le plancher, à nettoyer les miroirs et à vider la poubelle. Je passe aussi l'aspirateur dans la salle d'attente, je range les magazines et j'époussette les bibelots. On forme une bonne équipe, toutes les deux. Normalement, nous mettons moins d'une heure à faire tout ça, sauf les fois où Denise passe, s'affale dans l'une des chaises pivotantes, enlève ses chaussures et crie à tue-tête pour couvrir la musique. Elle ne se propose jamais pour passer le balai ou aider à désinfecter les peignes et les ciseaux. C'est comme si elle ne voyait pas qu'on est en plein travail. C'est Denise tout craché.

Tout ce ménage m'aide à m'éclaircir les idées, et je commence à peine à me sentir un peu mieux lorsque j'entends la porte de derrière claquer. Denise descend l'escalier d'un pas lourd, pestant déjà contre un « sans dessein » à la pharmacie de Leasdale qui « ne sait pas faire la différence entre un bâton de rouge et un crayon à lèvres ».

Ma mère écoute, hoche la tête et émet quelques murmures de sympathie.

— Mmm, mmm… Pas vrai! Oh, pauvre Denise.

Pauvre Denise? Bon, elle a passé quelques heures pénibles avec un pauvre type. Mais elle n'aura plus jamais affaire à lui, alors que moi, je suis coincée avec Tony le tigre pour toute une année scolaire. J'attends que Denise interrompe sa tirade, mais ça ne semble pas près de se produire. Je n'arrive pas à placer un mot.

Puisque personne ne semble se préoccuper de ma journée, je m'assure de faire autant de bruit que possible en nettoyant, poussant un soupir à l'occasion, jusqu'à ce que Denise s'aperçoive enfin de quelque chose.

— Qu'est-ce que tu as?

— J'ai eu une journée horrible à l'école. Merci de t'informer.

— Ce n'est que la première journée, dit ma mère. Je suis certaine que les choses vont s'améliorer.

C'est tout? « Ce n'est que la première journée. Je suis certaine que les choses vont s'améliorer? » J'attends les murmures de sympathie et les « pauvre Clarissa », mais rien ne vient. Incroyable.

— Tu ne devrais pas froncer les sourcils comme ça, ça va te donner des rides, dit Denise. Et là, tu auras une bonne raison de les froncer.

Elle tente de passer sa main dans mes cheveux, mais je suis trop rapide pour elle.

— Tu étais si mignonne quand tu étais petite. Blonde comme les blés. De parfaites petites boucles. Les cils les plus longs et les plus divins que j'aie jamais vus. Ta mère aurait pu te faire faire de la pub.

— Denise, tu sais ce que je pense des mères qui poussent leurs enfants dans ce milieu-là, intervient ma mère.

Denise soupire et, pour une fois, je partage son avis.

Qu'y a-t-il de si mal à faire de la télé?

— Pas même un seul concours de minimannequins, continue Denise. Toi qui as pourtant les gènes de ta mère. C'est une honte.

Ma mère croise mon regard dans le miroir et m'adresse un clin d'œil.

— Clarissa aurait piqué une crise, tu le sais très bien, dit-elle.

— De toute façon, il est trop tard, conclut Denise en me jaugeant d'un air désapprobateur. Au moins, tu as encore tes longs cils.

Je meurs d'envie de frapper Denise à coups de pied. Mais je trébuche plutôt par « accident » tout en vidant le porte-poussière dans la poubelle, et un tas de bouts de cheveux coupés atterrit sur ses pieds. Denise se lève d'un bond et se secoue les jambes.

— Grands Dieux, Clarissa, tu devrais faire plus attention !

— Navrée, Denise. J'imagine que je n'ai pas bien vu à cause de mes longs cils.

Avant qu'elle puisse répliquer, je sors précipitamment du salon, grimpe l'escalier deux marches à la fois et m'enferme dans ma chambre. Même de là, malgré la voix de Denise qui tempête contre l'horrible enfant que je suis, je peux entendre le rire de ma mère.

# Collision

Je n'ai pas vu le ballon arriver. Un instant je sortais de l'école, et celui d'après je me retrouve à quatre pattes sur le trottoir avec des taches jaunes qui dansent devant mes yeux. J'entends des cris ainsi que mon nom, puis quelqu'un s'agenouille à côté de moi.

— Est-ce que ça va, Clarissa?

Les taches jaunes sont vite remplacées par des larmes. Je cligne des yeux pour les retenir et serre les dents pour ne pas pleurnicher comme un bébé. J'ai des élancements dans la tête là où le ballon m'a frappée, et mes mains me font mal. Je les lève pour mieux les examiner et constate qu'elles sont roses et éraflées. Je les frotte doucement sur mon tee-shirt pour enlever les petits morceaux de gravier.

— On ne t'a pas vue, je le jure. Est-ce que ça va? Veux-tu que j'aille chercher un enseignant?

Michael Greenblat tient un ballon de basket sale sous son bras, l'air coupable. Avec raison.

— Vous devriez faire plus attention! Je pourrais avoir un traumatisme crânien!

Les oreilles de Michael rosissent et il paraît sur le point de pleurer, même si ce n'est pas lui qui a été brutalement attaqué par une bande de crétins jouant au basket.

— Je suis désolé, vraiment. On se lançait simplement le ballon et tu étais sur la trajectoire. Enfin, pas vraiment, mais au début tu n'étais pas là, puis tu es arrivée en même temps que le ballon…

Michael traîne la voix d'un air peu convaincu, et je le foudroie du regard tout en pressant ma main sur mon front pour tenter de réduire la douleur. Ça ne semble pas fonctionner. En fait, je crois que ça empire.

— Veux-tu que je te raccompagne chez toi?

— Non, j'attends Benji.

— Je suis vraiment, vraiment désolé.

Je renifle et attends qu'il retourne avec ses stupides partenaires de basket qui n'arrêtent pas de l'appeler, mais Michael reste planté là à me regarder. Où est Benji? Je ne sais pas combien de temps encore je vais pouvoir tenir sans pleurer, et je refuse de laisser Michael Greenblat me voir fondre en larmes. Ma tête me fait de plus en plus mal. Je crois que je sens une bosse pousser sous mes mains.

Merveilleux.

Enfin, Benji apparaît.

— Qu'est-ce qui s'est passé?

— Ils m'ont lancé leur fichu ballon de basket dessus.

— Par accident! insiste Michael. C'était un accident.

— Je pense que j'ai un traumatisme crânien.

Je ne sais pas lequel des deux a l'air le plus inquiet, Benji ou Michael.

— Tu devrais mettre de la glace dessus, dit Michael.

— Sans vous, je n'aurais pas besoin de me mettre de la glace. Viens, Benji, allons-nous-en. À demain, Michael.

Je tourne les talons et je jette un regard par-dessus mon épaule avant d'ajouter :

— Si je ne suis pas dans le coma, bien sûr.

* * *

Benji sait qu'il ne doit pas m'embêter avec ma blessure à la tête. Je dois renifler constamment pour ne pas pleurer. Une fois à la maison, ma mère ne nous salue même pas.

Elle est occupée avec une cliente.

Benji fouille dans le congélateur et trouve un sac de petits pois congelés à me mettre sur la tête. Pendant ce temps, je vais chercher les comprimés croquables pour enfants qui ont le goût des bonbons au raisin. Je songe à avertir ma mère de ce qui c'est passé, puis je me ravise. Elle ne peut même pas prendre deux secondes pour me demander comment c'était à l'école. Je vais probablement me retrouver à l'hôpital avec un grave traumatisme crânien et ce sera bien fait pour elle. Elle n'avait qu'à s'informer de ma journée.

Nous descendons sans bruit et nous effondrons devant la télé, nos devoirs étalés devant nous. Ce n'est que la deuxième journée d'école, et nous avons déjà une liste entière de projets et de travaux. Comme si je n'avais pas déjà assez mal à la tête comme ça. Benji passe sans enthousiasme d'une chaîne à l'autre.

— Qu'est-ce que tu veux regarder? demande-t-il.

— Mets le Magicien.

*Le Magicien d'Oz* est mon film préféré. Je pourrais le regarder tous les jours pour le reste de ma vie sans jamais m'en lasser. J'ai même déjà essayé quand j'étais petite. En rentrant de la garderie, je mettais la cassette et m'assoyais à quelques centimètres de la télé. Ma mère me criait après pour que je recule avant de me mettre à loucher, mais j'étais incapable de bouger. J'étais trop fascinée. Elle glissait donc ses mains sous mes aisselles et m'éloignait à une distance raisonnable de l'écran, maugréant contre les yeux croches et les lunettes.

Le passage préféré de Benji dans le film est celui où Glinda apparaît dans la bulle rose.

— Comment crois-tu qu'ils ont fait ça? demande-t-il toujours.

— *Chuuut*.

Avant, nous jouions au magicien d'Oz et faisions semblant que le tapis au bas de l'escalier était le désert. Nous suivions l'histoire des livres, beaucoup plus excitante que celle du film. Il fallait sauter par-dessus le tapis pour être en lieu sûr. Je jouais toujours le rôle de Dorothée, et j'utilisais l'une des ceintures perlées de ma mère pour faire la ceinture magique de Dorothée. Benji incarnait une foule de personnages, mais son préféré était celui de Glinda la gentille sorcière, même si c'était une fille.

Il y a très longtemps que nous n'avons pas joué au magicien d'Oz. Ce n'est plus comme avant. Nous sommes devenus trop vieux pour jouer à faire semblant. Nous nous affalons plutôt devant la télé et mangeons le plus de biscuits possible avant 18 heures, moment où M. Denton cogne à la porte grillagée et appelle Benjamin en beuglant dans l'escalier. Chaque fois, le bruit de son gros poing qui fait trembler les vitres me fait bondir au plafond. Et ce n'est pas que je suis trop sensible, car j'entends ma mère marmonner entre ses dents :

— Nom d'un chien!

Benji est un garçon qui a l'air naturellement piteux, mais jamais il n'a la mine aussi triste que lorsque son père vient frapper à la porte de derrière. Il trempe son Oreo une dernière fois avant de l'avaler presque tout rond.

— Sapristi, Benji! Ton père ne te donne rien à manger?

Il prend tout son temps pour se lever, ramasse les miettes sur la table, va porter son verre sur le comptoir et salue ma mère.

— Merci, mademoiselle Delaney.

— Appelle-moi Annie, mon chéri.

— Merci, mademoiselle Annie.

— Tu y es presque. Il n'y a pas de quoi, Benji. On se revoit demain.

— Oui, mademoiselle Annie. Au revoir. Salut, Clarissa.

Il a cette façon agaçante de monter l'escalier, qui consiste à poser les deux pieds sur une marche avant d'en gravir une autre. C'est un miracle qu'il ne soit pas toujours en retard.

— Pauvre petit. Sois gentille avec lui, Clarissa.

— Je suis gentille avec lui!

— Tout le monde n'a pas la chance que tu as.

La chance? Qui a parlé de chance?

\* \* \*

Denise arrive juste après dix-huit heures pour une retouche de ses racines. Tant pis pour l'Heure dynamo. Elle s'assoit et pose ses pieds sur le comptoir, buvant son café et attaquant tout un paquet de beignets saupoudrés de sucre glace.

— Si tu savais la journée que j'ai eue, dit Denise. J'en suis à mon troisième café et je ne suis pas sûre de pouvoir tenir jusqu'à 20 heures.

— Qu'est-ce qu'il y a à 20 heures? dis-je.

— Je soupe avec le Monstre.

Le Monstre, c'est Linda, la sœur de Denise. Tous les deux ou trois mois, elles se rencontrent pour tenter de s'épater mutuellement. Linda est agente de voyages et a deux enfants, un mari et un chien. Denise la surnomme le Monstre, mais elle me paraît plus ennuyeuse que monstrueuse. Elle est parente avec Denise, remarquez, alors il doit y avoir quelque chose qui cloche chez elle.

— Comment a été ta journée, ma chouette? demande ma mère.

Enfin!

— Affreuse. J'ai reçu un ballon de basket sur la tête.

— Montre-moi ça.

Ma mère repousse mes cheveux et examine mon front en plissant les yeux.

— Ça ne doit pas être bien grave. Je ne vois rien.

— Mais ça fait mal!

— Je n'en doute pas, mais ça ira mieux demain.

Pfft! Autant dire qu'elle s'en *fiche*.

— Et M. Campbell essaie de me gâcher ma 7e année.

— Pas *Tony* Campbell? demande Denise. Je l'ai croisé la semaine dernière au supermarché. Il est très séduisant, si on aime les cheveux roux.

— Tu as les cheveux roux, dis-je.

— Grâce à ta maman.

Denise me fait un clin d'œil et engouffre un autre beignet. Le sucre glace colle à son rouge à lèvres.

— Il m'a l'air d'un type bien.

— Il ne l'est pas. Et il est marié, de toute façon, dis-je brutalement.

Denise hausse les épaules.

— Tu veux un beignet?

— Non, dis-je dans un soupir en reluquant leurs tasses. C'est plutôt d'un café dont j'aurais besoin.

Ma mère secoue la tête et tient sa tasse contre sa poitrine.

— Non, non. Le café retarde la croissance et abîme les dents.

— Tu en bois pourtant.

— Je n'ai pas le choix, je suis accro.

— Denise en boit aussi.

— Denise est une adulte. Elle peut choisir d'abîmer ses dents si elle le veut.

— Ce n'est pas juste.

— La vie n'est pas juste, ma chouette. Mais au moins, tu

auras de bonnes dents.

Elle tend la main pour replacer une de mes boucles, mais je baisse vivement la tête avant qu'elle ait pu poser ses doigts maculés de sucre sur mes cheveux.

— Maman, c'est dégoûtant. Tu as du sucre plein les doigts.

Elle les examine et lèche le sucre, un doigt à la fois.

— Tu as raison. Qu'est-ce que je ferais sans toi?

Puisqu'il semble que personne dans cette pièce ne se préoccupe de ma journée ou de la façon dont je vais survivre à une année entière avec Tony le tigre, je monte l'escalier d'un pas lourd, les laissant à leur café et à leurs mèches.

# Chagrin

En plus d'être voisins, Benji et moi nous suivons sur la liste des élèves de la classe, Denton venant tout de suite après Delaney. Donc, chaque fois que les groupes sont formés par ordre alphabétique, ce qui est fréquent, nous sommes ensemble. Ça signifie aussi que nous sommes généralement assis côte à côte en classe. Mais pas cette année. M. Campbell pense que ce serait amusant de « mélanger un peu tout ça ». Chaque semaine, il nous classe de façon différente : selon notre date de naissance, selon notre taille et même selon notre signe du zodiaque. Je lui ai dit que l'astrologie, pour moi, c'était de la foutaise.

— L'astrologie a une histoire fascinante, Clarissa. Des gens ont fait des choses très importantes en tenant compte de leur signe du zodiaque, que cela te plaise ou non.

— Comme décider qui va s'asseoir avec qui? dis-je.

— Entre autres.

— Eh bien moi, si vous permettez, je pense que c'est n'importe quoi.

— Qu'est-ce qui te déplaît dans l'astrologie, Clarissa?

— Elle est fondée sur des stéréotypes, et l'an dernier, dans la classe de Mme Miller, nous avons appris que ce n'est pas bien de juger des individus en nous basant sur des généralisations. C'est comme cela que naissent le racisme et le sexisme. Est-ce que vous nous encouragez à entretenir des préjugés, monsieur Campbell?

— Non, je vous indique où vous asseoir.

— Très bien. Mais je veux que vous sachiez que je trouve inapproprié de déterminer l'endroit où les élèves s'assoiront en se basant sur leur signe du zodiaque.

— Voilà une déclaration digne d'un vrai Bélier. Maintenant, assieds-toi, s'il te plaît.

\* \* \*

Voici encore une preuve que M. Campbell est la pire chose qui pouvait arriver à l'école Ferndale : sa grande idée de projet cette année, c'est de lancer une station de radio. Juste avant l'heure du dîner, il annonce qu'il met sur pied un comité. Tous les intéressés sont les bienvenus. Pauvre M. Campbell. Il ne sait donc pas que plus personne n'écoute la radio? Il me fait presque pitié.

— Nous aurons deux émissions, explique-t-il. Une émission quotidienne à l'heure du dîner avec de la musique, des nouvelles concernant l'école et des anecdotes, ainsi qu'une émission spéciale mensuelle de 10 minutes portant sur un sujet de votre choix.

Des mains se lèvent, et M. Campbell répond à toutes sortes de questions. Oui, le comité sera ouvert à toute l'école; oui, l'émission du midi pourra être consacrée aux demandes spéciales; oui, il sera possible d'interviewer des gens de l'extérieur. M. Campbell est tellement excité à propos de son comité qu'il en oublie de nous donner un devoir de maths. Il y a un bon côté à tout.

\* \* \*

Nous sommes sur le point de sortir lorsque Mattie nous interpelle.

— Salut, Benji! Salut, Clarissa! Allez-vous participer au comité de la radio?

Je m'étrangle de rire.

— Pas question.

Benji hausse les épaules.

— Je n'aime pas parler en public.

— Ça n'a rien à voir, gros bêta. Tu parles devant un micro dans une pièce où il n'y a personne, déclare-t-elle gaiement.

Benji n'est pas convaincu.

— Quand même…

— Moi, je serai dans le comité, poursuit Mattie. Je trouve que c'est une bonne idée. Je ne sais pas si vous vous rappelez, mais je faisais les annonces du matin l'année dernière.

Je lève les yeux au ciel.

— On s'en souvient.

— Donc, j'ai déjà de l'expérience.

— Super.

— Je peux marcher avec vous?

Benji et moi échangeons un regard.

— Si tu veux, dis-je.

— Parfait! Alors… que diriez-vous d'un concours où les participants devraient reconnaître des chansons?

Mattie parle sans arrêt de concours et de prix jusqu'au coin de l'avenue Blair et de la rue Chestnut. Benji suggère d'offrir des chèques-cadeaux d'entreprises locales comme prix.

— C'est une excellente idée! approuve Mattie. Tu es certain que tu ne veux pas te joindre au comité?

— Peut-être… si je peux travailler dans les coulisses.

— Crois-tu que ta mère pourrait donner un chèque-cadeau du salon? me demande Mattie.

— Peut-être. C'est ici qu'on tourne, dis-je.

Mattie s'arrête.

— Oh, fait-elle.

À la voir plantée là à tripoter sa jupe, je me dis qu'elle doit attendre que je l'invite à venir chez moi. Mais ce serait insensé. Mattie a des tas d'amies qui s'intéressent beaucoup plus que moi à la mode et à la station de radio. Peut-être qu'elle a seulement besoin d'aller aux toilettes.

— On se voit demain?

— Entendu! N'oublie pas d'apporter ton article de journal pour les actualités!

— Je n'oublierai pas.

— Et parles-en à ta mère pour le chèque-cadeau!

— Je vais y réfléchir. Salut, Mattie.

— Salut, Clarissa! Salut, Benji!

Nous la regardons pivoter sur ses talons et s'éloigner.

— Je rêve ou elle gambade? dis-je.

— Elle a juste une démarche sautillante, répond Benji. Sapristi!

\* \* \*

— On a commandé de la pizza, dit ma mère.

Je n'ai pas envie de bavarder. Je me contente de grogner.

— Pardon?

Je grogne un peu plus fort.

— On ne parle pas la langue des hommes des cavernes, ajoute gentiment ma mère.

Denise se tape sur les cuisses et éclate de son gros rire sonore.

La colère crépite sous ma peau. Je jure que si quelqu'un me touchait en ce moment même, il recevrait une telle décharge électrique qu'il tomberait raide mort.

— Pas faim, dis-je.

Ma mère m'agrippe le poignet lorsque j'essaie de me faufiler devant elle.

— Où t'en vas-tu comme ça? Raconte-nous ta journée, propose-t-elle avec son air de bonne-mère-à-qui-l'on-peut-tout-dire.

Ça me rend encore plus furieuse. Je dégage mon bras d'un coup sec.

— Je n'en ai pas envie.

Ma mère soupire dramatiquement.

— J'ai tellement hâte qu'on soit sorties de cette période de révolte.

Elle s'adresse à Denise, mais s'assure de parler assez fort pour que je l'entende. En rentrant dans ma chambre, je prends soin de claquer la porte assez fort pour faire trembler les cadres sur le mur du salon

\* \* \*

Un peu plus tard, on frappe à ma porte. Je songe à faire semblant de dormir, mais l'odeur de la pizza me parvient et fait gargouiller mon estomac.

— Clarissa? La pizza est arrivée.

Ma faim a raison du peu de détermination qu'il me reste. Lorsque j'ouvre la porte, ma mère est là avec la pizza et des films pleins les bras, et j'en oublie ma colère.

— J'ai pensé que tu pourrais avoir besoin de Julia Roberts.

Ma mère a vu tous les films de Julia Roberts au moins 700 fois. Ses préférés sont *Potins de femmes*, parce que l'action se déroule dans un salon de coiffure, et *Pretty Woman*, parce que toute styliste adore les histoires de métamorphose. Elle connaît par cœur toutes les répliques des deux films et chaque fois, elle ravale ses larmes aux mêmes passages. Je sais bien que Benji et moi sommes obsédés par certains films, mais ma mère est une adulte. Après une journée particulièrement difficile, elle dira :

— C'était une journée Julia Roberts.

Et alors je sais qu'il y aura du maïs soufflé, des manucures et des soins des pieds au programme. Ma tâche consiste à faire cuire deux sacs de maïs au micro-ondes pendant que ma mère installe un mini-salon de beauté.

Elle débarrasse la table basse des grilles horaires et des imprimés publicitaires, puis elle dispose ce que Denise appelle l'arsenal d'Annie. Tous des produits Mary Kay, tous fournis par Denise. Ma mère range son nécessaire à manucure dans un contenant en plastique sous le lavabo de la salle de bains. Il est rempli de cotons-tiges, de tampons d'ouate et de vernis à ongles de toutes les couleurs. On y trouve aussi des limes à ongles, des repoussoirs, des coupe-ongles et même un polissoir. Les limes à ongles ressemblent à des bâtonnets de café recouverts de papier abrasif rose. Habituellement, je peux choisir la couleur de vernis que je veux, mais ce soir, Denise fait valoir toutes sortes d'opinions.

— Rien de trop rosé, Clarissa, c'est une teinte d'été. Et rien de trop rouge, car ça tache les ongles.

Ma couleur favorite s'appelle Perle d'océan; elle est rose pâle avec des volutes blanches. Elle donne à mes ongles l'aspect de minuscules coquillages.

En général, il n'y a que moi, ma mère et Julia Roberts, mais ce soir, Denise abuse de notre hospitalité.

— J'adore Richard Gere, dit-elle. Comment se fait-il que je n'arrive pas à trouver un homme comme lui dans le coin? On raconte qu'il est bouddhiste.

— Mmm.

Ma mère peint mes ongles d'un seul trait à la fois. J'aime la sensation fraîche et soyeuse du vernis sur mes ongles. L'opération prend presque toute la durée du film. Il faut d'abord appliquer une base, la laisser sécher dix minutes, puis ajouter deux minces couches de couleur. Puis on termine avec une couche de finition qui met au moins dix minutes à sécher. C'est écrit « séchage rapide » sur le flacon, mais Denise prétend qu'on ne doit jamais se fier à l'étiquette. Elle doit le savoir, puisqu'elle vend du vernis. Nous commençons par nos orteils et finissons par nos mains.

— Regardez-nous! Toutes pomponnées, mais nulle part où aller.

J'ai envie de dire à Denise qu'elle peut bien partir si ça lui chante, mais mes magnifiques ongles me mettent de si bonne humeur que je ne me donne pas cette peine.

# Coup bas

— Hé, où est-ce que tu vas?

Terry DiCarlo quitte son groupe de petites brutes de 8e année et se dresse entre Benji et la porte des toilettes des gars. Ses amis rient comme s'ils n'avaient jamais rien entendu d'aussi drôle de leur vie et se tournent pour observer la scène, en croisant les bras et en se composant une mine de dur.

— Je vais seulement aux toilettes, marmonne Benji, la tête baissée.

— Tu te trompes de porte, dit Terry.

Il agrippe Benji par l'épaule et le pousse si violemment vers les toilettes des filles que Benji heurte la porte et tombe par terre dans les toilettes. À l'intérieur, une voix qui ressemble beaucoup à celle de Mattie Cohen hurle :

— Benji! Ce sont les toilettes des filles!

Benji ressort en trébuchant et en se frottant le coude, qui est presque aussi rouge que son visage. Le dos au mur, il s'éloigne petit à petit de Terry, comme un chien qui sait qu'il va recevoir un coup de pied. La colère monte en moi et, avant que je puisse m'arrêter, les mots sortent de ma bouche.

— Je suppose que c'est vrai, dis-je haut et fort pour que tous ceux qui ne regardent pas déjà se tournent vers nous.

Terry plisse ses yeux méchants.

— Quoi? Que ton petit ami préfère te coiffer plutôt que de te proposer un rendez-vous comme un vrai homme?

— Non, ce doit être vrai qu'on te fait redoubler une année parce que tu n'es pas assez intelligent pour savoir lire. Seul un nul ne peut pas faire la différence entre les mots « filles » et « garçons ».

— Tu te crois drôle? Espèce de petite…

Mais je n'entends pas le reste de sa phrase. Je suis trop occupée à détaler. Derrière moi, des élèves rigolent tandis que d'autres encouragent Terry à continuer, mais je garde la tête haute et je me dirige vers mon casier d'un pas décidé. Il ne peut pas me faire de mal, je suis une fille. De plus, je me fiche de ce que pense Terry DiCarlo.

Lorsque j'arrive à mon casier, mes mains tremblent tellement que je n'arrive pas à faire la combinaison de mon cadenas. Je me sens à la fois furieuse, nerveuse et euphorique, comme si je pouvais affronter toute une classe de brutes comme Terry ou encore sauter d'un édifice de dix étages et retomber sur mes pieds. Soudain, Benji surgit à côté de moi et prend le cadenas de mes mains tremblantes.

— Laisse, je vais le faire, dit-il.

Sa voix est chevrotante, comme s'il était au bord des larmes.

— Ce Terry DiCarlo me met tellement en colère, dis-je. Quel nul!

Benji hoche la tête et déverrouille le cadenas. Je m'empare de mes livres et de mon manteau, puis je m'affaire à les mettre dans mon sac à dos pour lui donner l'occasion d'essuyer ses yeux humides. Je referme la porte, et nous fichons le camp aussi vite que possible sans toutefois courir. L'école est le dernier endroit où l'on veut être quand on a de la peine, car on ne peut jamais être tranquille. Il y a toujours quelqu'un pour nous dévisager, prêt à tourner les talons et à aller raconter à tout le monde qu'on avait le doigt dans le nez en dînant ou qu'on pleurait devant notre casier.

\* \* \*

Benji est encore plus silencieux que d'habitude sur le chemin du retour. J'imite Amanda et Min lors de leur exposé oral portant sur un ridicule livre de chevaux, allant jusqu'à mâchonner mes cheveux (comme Amanda) et à parler d'une voix de bébé (comme Min), mais il n'esquisse même pas un sourire. Je lui achète une barre de chocolat format géant au dépanneur, mais il la met simplement dans son sac à dos. Normalement, il l'aurait toute mangée avant qu'on arrive à la maison.

Même ma mère, la personne que Benji aime le plus au monde, ne parvient pas à chasser la tristesse de son visage. Lorsqu'elle passe la tête derrière le paravent pour nous demander comment s'est passéee notre journée, il se contente de hausser les épaules. Ma mère lève les sourcils et me regarde comme si j'avais fait quelque chose. Je hausse les épaules à mon tour. Je ne veux pas embarrasser Benji davantage en entrant dans les détails.

— Le chien de quelqu'un est mort ou quoi? demande-t-elle.

Personne ne répond. Ma mère passe sa main dans les cheveux de Benji et frotte les pointes entre ses doigts.

— Tu as besoin d'une coupe, Benji, annonce-t-elle. J'ai quinze minutes avant que Tracey arrive, et elle est toujours en retard de toute façon.

Benji se lève sans un mot et la suit dans le Bazar Coiffure avec un air de chien battu. Au bout de cinq minutes, à force de masser, elle a réussi à lui faire cracher le morceau, et Benji pleure comme un veau en racontant sa mésaventure avec Terry. Ma mère se montre toute douce et compréhensive, mais plus tard, une fois qu'il est parti et que l'Heure dynamo commence, elle nettoie comme une forcenée, astiquant les postes de travail avec un tel acharnement que j'ai peur qu'elle leur enlève tout leur lustre.

— Depuis combien de temps est-ce que ça dure ces histoires avec Terry? demande-t-elle.

— Je ne sais pas. Un bout de temps, je crois.

La vérité, c'est que Benji a toujours été un objet de railleries. Mais après un certain temps, les gens s'habituent à lui et le laissent tranquille. Ce qui se passe avec Terry est nouveau. Il est tellement plus costaud et malfaisant.

— Votre enseignant est au courant?

Je lève les yeux au ciel.

— Non, il est trop stupide pour s'apercevoir de ce qui se passe. De toute manière, je parie qu'il les mettrait ensemble dans une pièce et qu'il leur dirait de discuter.

Ma mère fronce les sourcils.

— N'empêche, je crois toujours qu'il devrait être au courant, dit-elle. Et David?

Je laisse échapper un petit rire sarcastique.

— Ouais, bien sûr. Il lui dirait simplement de rendre les coups.

Le père de Benji a connu un certain succès comme joueur de hockey quand il était au secondaire, mais il se bagarrait constamment. C'est d'ailleurs ce qui lui a valu son surnom de Dentonateur.

— La seule chose qu'il savait faire, c'était jouer au hockey, m'a dit ma mère un jour, mais il s'est blessé au genou tout juste après avoir terminé son secondaire. Pas de Ligue nationale pour lui. C'est dommage, car il aurait pu devenir un bon joueur.

Benji n'en parle pas souvent. Il a entendu son père raconter les mêmes histoires un million de fois, et il a vu la vitrine de trophées et les coupures de journaux. En plein centre de la porte du frigo des Denton est collé l'article sur la victoire de l'équipe de son père au championnat junior, qui remonte à près de 15 ans. Le papier journal est si vieux qu'il est jauni, comme du lait qui a tourné.

N'importe quel abruti verrait que Benji ne suivra pas les traces de son père. Ma mère le décrit comme « un enfant délicat ». Il est plutôt maigre et petit pour son âge, et il a des poignets fins, des épaules anguleuses et un teint si pâle qu'on peut voir les veines bleues à la surface de sa peau. Pas tout à fait le profil d'un joueur de hockey.

Benji n'aime même pas regarder le hockey, encore moins y jouer. Une année, le Dentonateur l'a inscrit comme joueur peewee dans l'espoir de l'endurcir. Benji n'a joué qu'une saison, durant laquelle il est surtout resté sur le banc à regarder les autres garçons foncer dans la bande, dans le but et sur les autres joueurs. Après un entraînement ou une partie, il revenait chez nous avec des bleus en pleurant parce qu'il avait si froid aux orteils qu'ils lui faisaient mal. Ma mère nous préparait du chocolat chaud tandis que Benji s'assoyait par terre, tout recroquevillé, les pieds sur les prises d'air pour les réchauffer. Quand il avait très mal, elle montait le chauffage et lui mettait une couverture sur les genoux de sorte que l'air chaud affluait et faisait gonfler la couverture comme une montgolfière.

À la fin de la saison, l'entraîneur a dit au Dentonateur que Benji n'avait tout simplement pas ce qu'il fallait pour devenir joueur de hockey. Bon sang, comme il était furieux! Il a traité l'entraîneur de tous les noms et a déclaré qu'il trouverait une meilleure équipe avec un meilleur entraîneur. Mais finalement, il ne l'a jamais fait. Même le père de Benji, malgré sa tête dure et sa passion du hockey, a dû reconnaître que son fils ne jouerait jamais dans la LNH. Et c'est ainsi que la carrière de hockeyeur de Benji a pris fin.

— Aussi bête qu'il soit, je persiste à croire que David devrait être mis au courant au sujet de Terry, dit ma mère. Et votre enseignant aussi.

Mais oui. Je sais exactement ce que l'école fera. On invitera Terry et Benji à s'asseoir avec un médiateur et à tirer les choses au clair. Ensuite, après l'école, Terry pourchassera Benji et lui flanquera une raclée de toute façon. Je fais semblant de ne rien entendre à cause du ronflement de l'aspirateur.

— Clarissa! Je te parle.

Ma mère cesse d'astiquer les comptoirs et me dévisage, les mains sur les hanches et les joues toutes roses à force de frotter aussi fort. Allez comprendre… Moi, mes joues deviennent toutes plaquées et luisantes quand je travaille fort, alors qu'elle est radieuse.

— Je t'ai entendue, dis-je tout bas.

— Est-ce que tu veux le faire, ou bien je dois les appeler moi-même?

— Je m'en occupe, dis-je rapidement.

— Bien.

Ma mère nettoie à un rythme beaucoup plus posé. Je pousse un soupir de soulagement et rallume l'aspirateur. Il s'en est fallu de peu. Je n'ai aucune intention de prévenir le Dentonateur ou M. Campbell à propos de Terry DiCarlo, pour l'instant, du moins. Ça ne ferait qu'envenimer les choses. Je sais qu'elle est convaincue de faire ce qu'il faut, mais elle n'a aucune idée de ce qui se passe à l'école. Comment pourrait-elle comprendre? Elle a été la *Dairy Queen*! Elle n'avait probablement qu'à sourire à ceux qui l'embêtaient et ceux-ci craquaient instantanément et lui proposaient de porter ses livres. Elle n'a aucune d'idée de ce qu'est l'école pour les gens ordinaires. La vie doit être drôlement plus facile quand on est belle.

# Cadeau

Plus tard ce soir-là, on sonne à la porte. Ma mère s'écrie :

— Clarissa, il y a un jeune homme qui veut te voir.

Je présume que c'est Benji, jusqu'à ce que je traverse la cuisine et que je les aperçoive, elle et Denise, souriant d'un petit air narquois derrière leurs magazines.

— Quoi? dis-je.

Elles secouent simplement la tête et échangent un regard par-dessus la couverture de leur *Cosmo*. Ça me met dans une telle furie que j'ouvre la porte et m'écrie presque :

— Qu'est-ce qu'il y a?

Je tombe alors nez à nez avec Michael Greenblat. Il recule légèrement, et je suis mal à l'aise d'avoir crié après lui.

— Oh, salut, dis-je d'un ton beaucoup plus posé.

Les traits de Michael se détendent, et il sourit.

— Salut, Clarissa. Comment vas-tu?

— Bien.

— Super, super.

Nous nous dévisageons durant quelques secondes, Michael continuant de sourire tandis que je me demande pourquoi il est venu et si oui ou non je devrais l'inviter à entrer, même si je n'en ai pas très envie.

— Tu passes une belle soirée? demande-t-il enfin.

— Si on veut.

— Moi aussi.

Nous fixons le bout de nos chaussures, et je suis sur le

point de lui dire qu'il faut que j'y aille quand il déclare :

— Je voulais te donner quelque chose.

Il sort une roche de la poche de son blouson.

— Un caillou?

Michael paraît vexé.

— Ce n'est pas un simple caillou, c'est une géode. Je l'ai trouvée cet été au chalet. En fait, j'en ai trouvé tout plein dans une vieille grotte. Mais celle-là est la plus belle. Elles sont assez rares.

Il dépose la géode dans mes mains. Elle est chaude, puisqu'elle se trouvait dans sa poche, et ressemble à un œuf coupé en deux. L'extérieur est plutôt inintéressant, semblable à une roche ordinaire, grise et bosselée; en revanche, l'intérieur est rempli de minuscules cristaux à peine teintés de rose, comme de la limonade à la fraise.

— C'est tout en quartz à l'intérieur, explique Michael.

— Es-tu certain de ne pas vouloir la garder? Moi, je ne sais pas trop quoi en faire.

— Il n'y a rien à faire avec. Tu la regardes, c'est tout.

— Oh.

— Et puis, je veux que ce soit toi qui l'aies.

Je ne sais pas quoi ajouter, et Michael non plus, apparemment, car il frotte le bout de sa chaussure contre le cadre de la porte sans rien dire. Nous ne parlons pas beaucoup à l'école, sauf quand c'est pour un travail ou un truc du genre. Je commence à croire que si je ne dis pas quelque chose bientôt, il pourrait rester là toute la nuit.

— Merci.

Le visage de Michael s'éclaire un peu.

— De rien.

— À demain.

— OK. Salut, Clarissa.

J'ai à peine refermé la porte que Denise surgit à côté de moi.

— C'était ton petit ami?

— Je te signale que je n'ai pas de petit ami.

— Alors, qui c'était?

— Ce n'est pas de tes affaires, dis-je sèchement.

— Qu'est-ce qu'il t'a donné? demande ma mère.

— Il dit que c'est une géode.

— Une géode?

Ma mère la prend, la tournant et la retournant entre ses mains.

— Elle est jolie, dit-elle avant de la passer à Denise.

— Ça m'a tout l'air d'une roche. Et je sais reconnaître une roche quand j'en vois une!

Denise glousse. Elle ne semble pas se rendre compte qu'elle est la seule à rire.

— Oh, le pauvre garçon, dit ma mère. J'espère que tu as été aimable avec lui.

— Bien sûr que j'ai été aimable!

Denise rit.

— Oh! Clarissa, tu vas en briser des cœurs, exactement comme ta mère.

— Tu aurais dû l'inviter à entrer, poursuit ma mère.

— La prochaine fois, peut-être, ajoute Denise.

Ouais. Comme si j'allais infliger une telle torture à quelqu'un.

— Si ça ne vous ennuie pas, j'ai des devoirs à terminer.

— N'oublie pas ta géode, dit ma mère avec un grand sourire.

Je la lui enlève d'un geste vif et me dirige vers ma chambre à pas pesants, claquant la porte derrière moi. Je ne sais pas pourquoi je suis embarrassée; c'est Michael qui devrait l'être. Qu'est-ce qui lui prend de m'offrir une géode? Je songe à la lui rendre demain, mais je ne veux pas le froisser. Et puis, elle est plutôt jolie. Je la cache au fond de mon tiroir de chaussettes, là où personne ne la verra ni ne posera de questions.

Lorsque la sonnerie du téléphone retentit, je ne suis pas surprise d'entre la voix de Benji au bout du fil.

— C'était Michael Greenblat? demande-t-il.

— Tu n'as pas mieux à faire que d'espionner les gens par la fenêtre?

— Qu'est-ce qu'il voulait?

— Il m'a donné une géode.

— Ça alors. Il doit t'aimer beaucoup.

— Il ne m'aime pas.

— Tu te souviens du texte où l'on devait raconter notre été? Dans le sien, il n'a parlé que de sa collection de roches et de la fois où il a vu de vraies stalactites et stalagmites. Il veut devenir géologue.

J'émets un grognement de dédain.

— Géologue?

— C'est une personne qui étudie les roches.

— Je sais ce qu'est un géologue, Benji. Seulement, je trouve que c'est un métier ridicule.

— Michael n'est pas de cet avis, et tu dois drôlement lui plaire pour qu'il t'offre l'une de ses géodes. Qu'est-ce que tu vas faire?

— Rien, sauf raccrocher et faire comme si cette conversation n'avait jamais eu lieu.

— Il est sympa.

— Bonne nuit, Benji.

— Bonne nuit, Clarissa.

# Coup de circuit

— Qu'est-ce que les personnes suivantes ont en commun?

M. Campbell se penche au-dessus du rétroprojecteur et gribouille trois noms en grosses lettres rouges : Clark Kent, Peter Parker et Bruce Wayne. Tous les garçons lèvent aussitôt la main. Je continue de barbouiller les yeux des gens dans mon manuel.

— Clarissa?

C'est à n'y rien comprendre. M. Campbell me donne la parole seulement quand je ne lève pas la main.

— Elles ne sont pas réelles.

— Oui, c'est vrai : ce sont tous des personnages de fiction. Ensuite?

— Ce sont tous des garçons.

— Oui, très bonne observation. Ce sont tous des hommes. Quoi d'autre? Michael?

— Ce sont tous des super héros.

M. Campbell affiche un grand sourire et tape dans la main de Michael comme s'il était une sorte de génie. Il ne semble pas remarquer qu'il a le bras barbouillé de rouge à cause de son crayon à acétate.

— Bingo!

Je me tourne sur ma chaise et lève les yeux au ciel; nous sommes retournés au placement conventionnel des élèves par ordre alphabétique cette semaine, alors Benji est assis derrière moi.

Il se penche en avant et chuchote :

— Tu as les oreilles rouges.

Je virevolte et le fais taire.

— C'est faux!

Mais au moment où je prononce ces mots, je sens mes oreilles s'enflammer. Depuis que Michael est venu chez moi pour me donner cette stupide géode, je me surprends à le regarder et à penser à lui. Pas toujours, mais plus souvent qu'avant; et avant, ce n'était jamais.

Michael a des cheveux légèrement ébouriffés que ma mère décrirait comme blond roux, ainsi qu'un grain de beauté sur la nuque qui disparaît parfois sous le col de sa chemise. Son sport préféré est le baseball, et il possède au moins six tee-shirts aux couleurs des Blue Jays. Ce n'est pas que je n'aime pas les sports mais il y a un million d'autres choses que je préfère faire. Cependant, je pourrais apprendre à aimer le baseball. Peut-être que Michael sera le plus jeune joueur à porter l'uniforme des Blue Jays. Je pourrais assister à toutes les parties et m'asseoir dans les gradins pour l'encourager. Puis un jour, après qu'il aura frappé le coup de circuit gagnant lors de la Série mondiale, je m'élancerai sur le terrain et lui sauterai dans les bras. Michael posera alors un genou par terre devant le stade tout entier, les équipes de télévision et presque toute la planète, et me demandera en mariage, moi, Clarissa Louise Delaney. Ce rêve me plaît beaucoup. Peut-être plus encore que Michael lui-même.

— Quelle est la différence entre un héros et un super héros? demande M. Campbell.

— C'est facile, répond Michael. Un super-héros est doté d'un superpouvoir, une force surhumaine, par exemple, ou la capacité de contrôler le temps qu'il fait et d'autres trucs.

— Tu as parfaitement raison, Michael. Un super héros jouit d'un pouvoir qui va au-delà des capacités normales d'un être humain. Comme Clarissa l'a mentionné, ils n'existent pas, ils ne sont pas réels.

Un murmure d'étonnement se fait entendre, comme s'il y avait de quoi être surpris. Comme si les super héros étaient restés cachés pendant tout ce temps. Certains élèves ne sont pas trop vifs d'esprit.

— Toutefois, les héros sont des gens ordinaires, comme vous et moi, qui ont accompli quelque chose d'extraordinaire sans l'aide d'un superpouvoir. Qui peut me donner un exemple d'héroïsme?

Les élèves lancent des exemples que M. Campbell s'empresse de noter, tachant de plus belle son bras d'encre rouge.

— Aller à la guerre.

— Sauver la vie de quelqu'un.

— Les pompiers!

— Faire une collecte pour une œuvre charitable!

Heureusement, la sonnerie se fait entendre.

— C'est terminé, les amis!

M. Campbell remet le capuchon sur son crayon et fait mine de s'essuyer le front du revers de la main, comme s'il était épuisé d'avoir autant écrit.

— Ouf! Quelle liste! Beau travail, tout le monde. Toutes ces suggestions sont très appropriées. Mais je veux savoir ce que chacun de vous en pense. Dans le cadre de votre travail personnel, je veux que vous écriviez un texte de deux pages portant sur un héros des temps modernes, quelqu'un qui vit aujourd'hui et qui ajoute quelque chose à notre définition de l'héroïsme. Il peut s'agir de n'importe qui. Faites preuve d'originalité.

Enfin, c'est l'heure de rentrer. Et je sais déjà que mon héros du jour sera la boîte de biscuits au chocolat.

# Confrontation

Terry DiCarlo a trouvé le moyen d'ouvrir le casier de Benji. Comme il n'a pas l'air assez brillant pour crocheter une serrure, quelqu'un a dû le faire pour lui. Quand les gens ont peur de vous, vous pouvez leur faire faire à peu près n'importe quoi.

La première fois, il a volé toutes les affaires de Benji et les a jetées dehors dans la boue, près de la piste : sac à dos, vêtements d'éducation physique, manuels, tout. On a presque tout mis dans la machine à laver, mais le nettoyage des manuels a été pénible. Il a fallu essuyer les pages et les sécher avec le sèche-cheveux, puis empiler les manuels sous des encyclopédies pour tenter d'aplatir les pages, qui avaient toutes gondolé en séchant. Le texte est encore lisible, mais je parie que l'école lui fera payer les manuels à la fin de l'année.

Depuis, Benji traîne ses livres avec lui d'une classe à l'autre, mais il doit ranger son manteau et sa tuque dans son casier. La semaine dernière, on les a trouvés dans la boîte des objets perdus. Et aujourd'hui, à l'heure du dîner, on aperçoit Terry qui les porte. Il parade en faisant semblant d'être Benji et chante des chansons grivoises d'une voix aiguë qui ne ressemble pas du tout à celle de Benji.

— Qu'est-ce que vous regardez? gronde-t-il.

— Pas grand-chose, dis-je avec un haussement d'épaules en rejetant mes cheveux en arrière.

Terry nous fusille du regard et crache, ratant de peu le

bout de la chaussure de Benji. Dégoûtant.

— Allons-nous-en, Clarissa, souffle Benji.

Il rentre la tête dans le col de son chandail, comme une tortue, et descend ses manches sur ses mains rougies par le froid.

— Veux-tu mourir d'hypothermie? lui dis-je.

— Non.

— Veux-tu rentrer chez toi et annoncer à ton père qu'il doit t'acheter un manteau neuf?

Benji secoue la tête.

— Certainement pas.

— Dans ce cas…

— Mais…

— Il n'y a pas de mais. J'ai un plan.

Je me penche et chuchote à l'oreille de Benji :

— Mets-toi à rire.

Benji a l'air saisi.

— Quoi? Mais pourquoi?

— Fais ce que je te dis.

Et ô miracle, Benji réussit à esquisser un demi-sourire et à laisser échapper un bruit étouffé. Heureusement pour lui, je suis une bonne actrice. Je rejette la tête en arrière et éclate d'un grand rire sonore.

— Qu'est-ce qu'il y a de si drôle, andouille? demande Terry.

— Oh, rien. Rien qui t'intéresse.

Terry fait un pas en avant, suivi de sa bande de nuls.

— Voyons ça.

— Je disais simplement à Benji que tu as vraiment fière allure dans des vêtements de fille.

— Hein?

— Ce manteau était à moi, avant. Mais il te va très bien

au niveau des épaules.

Les niaiseux qui accompagnent Terry échangent quelques regards et rigolent tout bas, trop lâches pour le faire tout haut. Les yeux de Terry se posent tour à tour sur ses amis et sur moi.

— N'importe quoi. Ce n'est pas un manteau de fille, ça, dit-il, mais il n'a pas l'air convaincu.

— Puisque tu le dis, Terry. Ça fait vraiment ressortir le bleu de tes yeux.

Les narines de Terry se dilatent comme les naseaux d'un taureau et, pendant une seconde, je me demande si je suis allée trop loin. Mais il défait la fermeture éclair du manteau et le jette par terre, l'envoyant d'un coup de pied dans la boue.

— Pauvre nul, crache-t-il en lançant un regard furieux à Benji. Il n'y a que quelqu'un comme toi pour porter un manteau de fille.

Terry marche sur le manteau de Benji avant de s'éloigner, en prenant soin de bien l'enfoncer dans la neige sale. L'un après l'autre, les amis de Terry passent derrière lui, ajoutant leurs propres empreintes de pied boueuses. Une fois qu'ils sont partis, Benji repêche son manteau dans la flaque avec un bâton. Il est trop mouillé et trop sale pour qu'il puisse le porter.

— On le lavera chez moi après l'école, dis-je.

Benji acquiesce d'un signe de tête.

— Ohé! Moussaillons!

Je reconnais immédiatement M. Campbell, emmitouflé dans un manteau bouffant, une écharpe à la Harry Potter et un énorme chapeau à oreilles. Je n'ai jamais vu un enseignant habillé avec si peu de goût.

— Un peu froid pour être dehors sans manteau, monsieur

Denton.

Benji hausse les épaules, mais c'est à peine perceptible tellement il frissonne.

Je jette un regard qui en dit long sur le manteau dégoulinant au bout du bâton.

— Ce serait encore pire s'il enfilait ça, dis-je.

— Bon sang! Qu'est-ce que tu faisais, de la pêche sous la glace?

C'est le genre de mauvaise blague qui, normalement, aurait fait sourire Benji, mais Terry DiCarlo a le don de tout gâcher. De plus, le froid a rendu Benji muet, et il se contente de fixer ses pieds d'un air misérable.

Nous nous retournons tous en entendant des éclats de rire. Du côté de la balançoire à un pneu, Terry DiCarlo y va d'une autre imitation de Benji. Ce dernier se dandine d'une jambe sur l'autre. Il a l'air complètement frigorifié.

—Benjamin, pourquoi n'entres-tu pas plus tôt en classe? Si tu accroches ton manteau au-dessus du radiateur, il devrait être sec d'ici à ce que tu retournes chez toi à la fin de la journée. Voilà un billet pour aller aux toilettes; tu peux te préparer pour le cours de maths.

Benji prend le billet et se dirige vers l'entrée, avec son manteau sur le bâton.

— Est-ce que je devrais l'accompagner? dis-je.

— M. Denton connaît le chemin, répond M. Campbell. Mais peut-être que tu pourrais me mettre au courant de ce qui ne va pas.

Tout, ai-je envie de répondre. Voilà le problème. Les enseignants ne voient rien. Si je lui raconte ce qui s'est réellement passé, Terry et sa bande sauront que je les ai dénoncés et feront la vie encore plus dure à Benji. Où était M. Campbell quand on a forcé le casier de Benji, ou quand on a piétiné son manteau? Ça ne devrait pas être mon rôle de l'informer de ce qui se déroule sous ses yeux. C'est lui l'enseignant, pas moi.

Lorsqu'il devient évident que je n'ai rien d'autre à ajouter, M. Campbell soupire.

— Il semble que tu sois frappée d'amnésie sélective, dit-il. Si la mémoire te revient, j'espère que tu viendras me trouver.

J'en doute.

# Crème glacée

Après l'école, Benji et moi rentrons à la maison à pied. Nous essayons de deviner qui dans notre classe sera invité à la fête de Min, lorsque Benji montre quelque chose du doigt de l'autre côté de la rue.

— Hé, est-ce que ce n'est pas Betsy Blue?

Betsy Blue est le nom de notre voiture. D'aussi loin que je me rappelle, ma mère l'a toujours appelée comme ça. Betsy Blue est effectivement garée sous un arbre en face de l'école, et ma mère est assise derrière le volant. Elle se ronge les ongles, même si elle sait qu'elle aura droit aux remontrances énergiques de Denise.

— Qu'est-ce qu'elle fait ici? demande Benji. As-tu rendez-vous chez le dentiste?

— Je ne pense pas.

Tandis que nous traversons la rue, ma mère lève les yeux et nous aperçoit. Elle sourit et nous fait signe de monter.

— Qu'est-ce que tu fais là? dis-je en m'assoyant sur le siège du passager. Tu ne travailles pas?

Ma mère démarre le moteur et prend la direction de la maison.

— Je n'avais pas de clientes cet après-midi, alors j'ai pensé venir vous chercher.

Je fronce les sourcils. Il y a toujours des clientes le vendredi après-midi. Les gens aiment se faire couper les cheveux ce jour-là pour avoir une belle tête en fin de semaine.

— C'est bizarre, dis-je, mais si elle m'entend, elle ne le

montre pas.

— Benji, ça te va si je te dépose chez toi? Clarissa et moi avons des courses à faire.

— Bien sûr.

— Il ne peut pas venir avec nous? dis-je.

— Pas cette fois, Clarissa.

Il se passe quelque chose d'étrange. Benji est presque comme un frère pour moi. Parfois, je me dis que ma mère l'aime encore plus qu'elle m'aime moi. Elle parle constamment de ses bonnes manières et de son éthique au travail, et le trouve tellement gentil. Il vient chez nous presque tous les jours, même à Noël. De quelle sorte de courses s'agit-il donc pour qu'il ne puisse pas nous accompagner? Peut-être que j'ai bel et bien un rendez-vous que j'avais oublié. Maintenant que j'y pense, je ne me souviens pas de la dernière fois où je suis allée chez l'optométriste ou chez le dentiste, d'ailleurs.

Ma mère s'immobilise devant la maison de Benji.

— Bonne soirée, mon chéri. Salue ton père de ma part.

Elle lui sourit dans le rétroviseur.

Je regarde Benji descendre de la voiture et monter l'escalier en traînant les pieds. Il se retourne pour nous faire un signe de la main. Ma mère recule dans l'allée et se dirige vers le centre-ville. Le centre médical est dans la direction opposée.

— Où est-ce qu'on va?

— Je t'emmène manger de la crème glacée, répond ma mère.

— Pourquoi Benji ne pouvait-il pas venir, alors?

— Aujourd'hui, c'est une sortie entre filles seulement. Il faut qu'on discute un peu, toutes les deux.

— De quoi?

— Attendons d'être assises avec notre crème glacée. Comment s'est passée ta journée à l'école?

Mais je n'ai pas envie de parler de l'école. Pourquoi ma mère m'emmène-t-elle manger de la crème glacée un vendredi après-midi alors que je sais très bien que nous avons du yogourt glacé dans le congélateur à la maison?

Il n'y a pas beaucoup de monde à la crémerie, ce qui n'a rien de surprenant étant donné que nous sommes à la fin novembre et qu'il fait de plus en plus froid. Non pas que la température ait une quelconque importance pour moi. Personnellement, je n'ai jamais compris pourquoi les gens ne mangent pas de crème glacée l'hiver. Ce n'est pas parce qu'il fait froid dehors qu'elle est moins délicieuse.

— Commande ce que tu veux, dit ma mère.

— N'importe quoi?

— N'importe quoi.

J'opte pour une banane royale avec tout le tralala : trois boules de crème glacée, sauces au chocolat, au caramel et à la fraise, arachides, crème fouettée, le tout saupoudré de brisures de chocolat. Ma mère prend un minicornet à la vanille. Je vais m'asseoir sur une banquette près de la fenêtre, mais ma mère veut aller plus au fond.

— C'est trop bruyant ici. Il y a trop de monde.

Nous nous installons donc tout au fond, près de la porte de derrière. Comme il y a un léger courant d'air, je garde mon manteau. Je plonge dans ma banane royale, m'assurant qu'il y ait un peu de tout dans chaque bouchée. Ce n'est pas aussi simple qu'on pourrait le croire. À l'occasion, je dois utiliser mon doigt pour replacer une arachide ou mettre un peu de sauce sur le dessus.

— Clarissa, j'ai quelque chose à te dire, et je vais y aller sans détour. Je veux que tu écoutes et que tu ne dises rien jusqu'à ce que j'aie fini. Ensuite, tu pourras me demander ce que tu veux. Tu peux faire ça?

Mais qu'est-ce que c'est que cette question? Apparemment, ma propre mère ne me croit pas capable d'écouter quelqu'un jusqu'au bout.

— Tu peux faire ça? répète-t-elle.

Je hoche la tête.

— Je veux t'entendre dire : oui, je peux faire ça.

— Oui, je peux faire ça, dis-je en levant les yeux au ciel et en léchant le caramel sur ma cuiller en plastique.

— Je suis venue te chercher aujourd'hui en revenant de l'hôpital. J'avais rendez-vous avec un oncologue, le docteur Fairbanks.

L'hôpital?

— Un oncologue est un médecin qui se spécialise dans le traitement du cancer. Clarissa, ma chérie, on m'a diagnostiqué un cancer du sein.

Ma mère s'arrête et me fixe, laissant les mots faire leur effet. J'attends la chute de sa blague. Car il faut que ce soit une blague. Pas très amusante, mais la plupart des blagues de ma mère sont assez mauvaises. La crème glacée durcit dans ma gorge. Je m'efforce de l'avaler, mais je ne prends pas d'autre bouchée.

Ma mère continue.

— Le docteur Fairbanks dit qu'il n'y a aucune raison de paniquer, puisqu'ils l'ont trouvé à un stade précoce. Je vais me faire opérer dans quelques semaines, puis j'aurai de la chimiothérapie. J'ai demandé à Denise de venir rester avec nous pendant quelque temps; elle nous aidera durant ma convalescence.

— Denise le sait?

— Clarissa, je t'ai demandé de ne pas m'interrompre.

Oui, Denise le sait. C'est ma meilleure amie. Je lui ai demandé de m'accompagner à l'hôpital. Parfois, on a besoin d'un autre adulte avec soi. Je ne voulais pas t'inquiéter avant de savoir exactement ce qui en est.

Je veux lui dire de ralentir, de recommencer depuis le début. J'entends tout ce qu'elle me dit, mais tout me semble insensé. Ses lèvres remuent toujours, mais mon cerveau n'arrive pas à suivre.

— Je vais continuer à travailler jusqu'à ma chirurgie, puis je prendrai un congé. L'Hôpital général n'a pas de département de cancérologie, donc je vais demeurer à London pendant mes traitements de chimiothérapie.

Cancer? Chirurgie? London? Denise? Chimiothérapie? Il y a tant de choses que je voudrais crier, mais je ne peux pas. Je ne sais même pas par où commencer. Je n'arrive pas à croire qu'à seulement trois mètres de nous, des gens hésitent entre un cornet trempé dans le chocolat et un petit yogourt glacé, inconscients du drame que je vis, ignorant que toute ma vie est en train de basculer. Il y a cinq minutes, j'étais exactement comme eux, et tout à coup, me voilà devenue la fille d'une mère atteinte du cancer.

— Je sais que tu es bouleversée, et que tu dois avoir mille et une questions. Mais j'avais besoin de tout te dire pour commencer. Maintenant, tu peux me poser toutes les questions que tu voudras. N'hésite pas.

Aussi incroyable que cela puisse paraître, ma mère me sourit. Je reconnais ce sourire. C'est celui qu'elle adresse aux petits enfants qui ne veulent pas se faire couper les cheveux; celui qu'elle utilise pour les charmer et les convaincre de la laisser approcher les ciseaux de leur tête. Eh bien, je ne la laisserai pas m'avoir avec ce sourire; je sais ce qu'elle prépare. Je ne la laisserai pas me parler comme à un enfant.

Elle tend le bras pour prendre ma main, mais je la retire aussitôt. Je n'aime pas qu'on me touche en public. Elle le sait.

— C'est important de parler de tout ça, ma chouette.

J'ouvre la bouche pour dire quelque chose, mais, au lieu des mots, c'est la crème glacée qui remonte dans ma gorge, et je vomis partout sur la table.

\* \* \*

À la maison, ma mère dépose un paquet de brochures sur le bord de mon lit : *Le cancer dans la famille, Questions fréquentes sur le cancer du sein, Le traitement des cancers.*

— J'ai pensé que tu aimerais peut-être jeter un coup d'œil là-dessus. Au cas où tu aurais des questions que tu n'oses pas poser. La semaine prochaine, nous irons voir le docteur Fairbanks, et tu pourras lui poser toutes les questions que tu veux.

— Nous?

— Il pense que c'est important que tu viennes.

J'attends qu'elle soit sortie avant de jeter les brochures dans la poubelle.

# Clic

Benji appelle vers 19 heures.

— Tu viens chez moi? demande-t-il.

— Je ne sais pas.

— Mon père n'est pas là. Il est parti voir un match de hockey.

— Peut-être.

— On pourra regarder la télé.

— Il n'y a rien d'intéressant le vendredi soir.

— Il a laissé de l'argent pour de la pizza.

— D'accord, mais pas de champignons.

— Tu ne peux pas simplement les enlever?

— Non, ça a quand même le goût.

— Et si je demandais de mettre les champignons sur une moitié seulement?

— D'accord.

— Tu viens bientôt?

— J'arrive. J'apporte les boissons gazeuses.

Ma mère est au téléphone dans sa chambre, probablement en train de répandre la mauvaise nouvelle. Je me demande à qui elle parle, et pourquoi ces gens doivent tous savoir ce qui nous arrive. Je mets mon manteau, glisse deux canettes de racinette dans mes poches et attends d'être presque sortie pour crier :

— Je vais chez Benji!

Je claque la porte derrière moi et cours chez Benji avant qu'elle puisse répondre.

Benji m'attend à la porte. Il fronce les sourcils au moment où je fais irruption dans la maison, hors d'haleine.

— Tu as couru pour venir ici?

Je suis trop essoufflée pour répondre.

— D'après toi?

— Tu ne cours jamais.

— Oui, je cours, mais pas en éduc. As-tu commandé la pizza?

— Oui. Si elle n'est pas arrivée dans 35 minutes, elle sera gratuite.

— Super. Voilà ta racinette. Est-ce qu'il y a quelque chose d'intéressant à la télé?

La maison de Benji est disposée exactement comme la mienne. Toutes les pièces sont au même endroit, sauf que chez Benji, tout est dépareillé. David Denton a été marié deux fois, et ni l'une ni l'autre de ses femmes n'est restée assez longtemps pour retaper l'endroit. La mère de Benji est morte dans un accident de voiture quand il n'avait que deux ans, et son ex-belle-mère, Gayle, n'était pas très douée pour la décoration. Ni pour la maternité, réflexion faite. Elle était plutôt du genre à jouer au bingo, à fumer comme une locomotive et à regarder des téléromans. Elle est partie depuis maintenant quatre ans, et le sous-sol sent encore la cigarette. Le pire avec Gayle, c'est qu'elle détestait les chiens et qu'elle disait des choses terribles tout bas chaque fois qu'un chien passait ou se mettait à aboyer dehors, un peu comme si elle leur jetait un sort. Nous la surnommions Miss Gulch, comme la méchante dame qui veut du mal à Toto dans *Le magicien d'Oz*. Miss Gulch pouvait aussi être très amusante, mais elle n'aimait pas grand-chose et passait la majeure partie du temps à se plaindre. Nous pouvions parler de Miss Gulch juste là, sous son nez, sans qu'elle se rende compte de quoi que ce soit. Je suppose qu'elle n'était pas très maligne non plus.

La seule pièce où tout est vraiment bien agencé est la chambre de Benji, mais nous n'y allons jamais parce qu'elle est assez petite et qu'il n'aime pas qu'on déplace ses affaires. Nous nous retrouvons habituellement au sous-sol. David possède un gros téléviseur avec plus de 500 chaînes, le son d'ambiance et l'un des ces superlongs canapés en coin qui fait riche, mais qui, en réalité, est en cuir synthétique. Il a aussi un La-Z-Boy en cuir véritable, mais nous n'avons pas la permission de nous asseoir dessus. Non pas que ça me dérange. Qui voudrait s'asseoir dans un vieux fauteuil quand on peut s'étendre de tout son long sur un canapé? Chez Benji, on peut mettre le volume de la télé aussi fort que ça nous plaît et personne ne nous dit de le baisser. Malgré tout ça, Benji préfère quand même être chez nous. Il prétend que c'est trop tranquille ici.

— Tu veux qu'on regarde un film? demande-t-il.

— D'accord. Mais c'est toi qui t'en occupes. Je n'arrive jamais à faire fonctionner ce machin.

Benji s'empare d'une des trois télécommandes, et un menu apparaît avec tous les choix de films. La plupart sont du style à recevoir un Oscar. Ennuyeux.

— Peux-tu trouver quelque chose d'amusant?

— Je vais essayer.

Tandis qu'il repasse la longue liste de films, je pense à ma mère et me demande si j'ai envie de tout raconter à Benji à propos du mot qui commence par C. Ma mère m'a dit que je devrais, mais je ne sais pas si c'est ce que je veux. Il sera probablement bouleversé et pleurera, et je déteste que les gens pleurent. De plus, il voudra peut-être en parler, et je ne veux pas en parler. Je ne suis même pas sûre que tout ça soit réel. Comment peut-on annoncer à quelqu'un qu'on a le mot qui commence par C, puis rentrer chez soi comme si de rien n'était et papoter au téléphone toute la soirée avec ses amies? Peut-être que ça partira tout seul, comme pour ces personnes qui ont la grippe et qui sont malades durant des jours tandis que d'autres sont remises en 24 heures. Comment puis-je en parler à Benji alors que nous ne sommes même pas absolument certaines du diagnostic? Je l'inquiéterais pour rien.

Je bondis lorsqu'on sonne à la porte.

— J'y vais. Où est l'argent?

— Sur le comptoir, répond Benji.

Rien de mieux que de la pizza pour oublier ses malheurs. Une pointe chaude de ce délice au goût de fromage et de tomate peut tout arranger, particulièrement si elle est garnie d'une tonne de pepperoni salé. Exquis. J'en engloutis trois morceaux avant que Benji s'informe de mon après-midi.

— Tu avais rendez-vous chez le médecin?

— Non.

— Chez le dentiste?

— Non.

Je prends une quatrième pointe. Je ne vais pas laisser quelques questions indiscrètes gâcher une bonne pizza.

— C'était à propos de ton père?

Je n'avais même pas pensé à mon père. Tu parles de l'excuse parfaite; Benji serait trop embarrassé pour poser beaucoup de questions, et je n'aurais pas besoin de lui dire pour ma mère. Toutefois, ce serait un gros mensonge, et même si je n'ai rien contre le fait de mentir, je n'ai jamais réussi à mentir à Benji.

— Non.

Benji pose sa pizza et me regarde d'un air très sérieux. Il

prend une grande respiration avant de demander :

— Tu vas déménager?

— Non, ce n'est pas du tout ça, dis-je, mais je vois bien qu'il ne me croit pas.

— Tu ne veux pas me le dire, conclut-il, l'air déçu.

— Ce n'est pas assez important, c'est tout. Je ne veux pas que tu t'inquiètes.

Benji paraît alarmé.

— Si ce n'est pas important, pourquoi est-ce que je m'inquiéterais?

Cette conversation ne prend pas du tout la tournure que je voudrais.

— C'est seulement ma mère. Elle doit aller voir un médecin.

— Pourquoi?

— Parce que peut-être qu'elle…

Mais je ne peux pas me résoudre à le dire à haute voix.

— Qu'elle va mourir? souffle Benji.

— Sapristi! Ne sois pas aussi dramatique! C'est juste que… elle a peut-être…

Je baisse la voix avant d'ajouter :

—… un cancer.

Voilà. Je l'ai dit. Benji me regarde comme si je venais de lui annoncer qu'elle aura une transplantation du visage ou un autre truc incroyable du genre. Lorsqu'il parle, c'est d'une voix étouffée, lui aussi.

— Un cancer?

Je hausse les épaules.

— Peut-être.

— Comment ça peut-être?

— Un docteur pense qu'elle en a un, mais elle se comporte comme si ce n'était rien et elle n'a pas l'air malade. Alors peut-être qu'il se trompe. Elle va voir un autre médecin la semaine prochaine.

— Mais... un médecin lui a déjà dit qu'elle en avait un?

— Oui, et alors? Elle a besoin d'une deuxième opinion. Les gens demandent toujours une deuxième opinion.

À la télé, du moins.

— Quelle sorte de cancer?

Une bouffée de chaleur me monte au visage et rougit mes joues.

— Est-ce qu'on pourrait parler d'autre chose? Tu gâches mon souper.

— Désolé. C'est juste que... ça alors, un cancer. Je ne connais personne qui a déjà eu le cancer.

— C'est *peut-être* un cancer.

— Oui, peut-être un cancer. Je suis navré, Clarissa.

— Pourquoi serais-tu navré? Tu n'as rien fait de mal. Et puis j'ai dit que je ne voulais plus en parler.

— D'accord. Désolé.

Nous mangeons en silence jusqu'à ce que je n'y tienne plus. Je peux presque entendre Benji me plaindre dans ses pensées. Je ne veux pas de ça.

— Alors, il fonctionne ce machin? dis-je.

Benji hoche la tête.

— Ouais.

— Qu'est-ce qu'on regarde?

— *Miss Personnalité*.

Sur une échelle de un à cinq, je ne donne que deux étoiles à *Miss Personnalité*. Mais Benji raffole de tout ce qui touche aux métamorphoses, et je ferais n'importe quoi pour le distraire afin qu'il oublie ce que je lui ai dit au sujet de ma mère. Donc, va pour *Miss Personnalité*.

\* \* \*

Un peu plus tard, le téléphone sonne. Benji répond. Au bout de quelques secondes, il raccroche.

— Qui c'était?

— Un mauvais numéro, répond Benji avec un haussement d'épaules.

Dix secondes plus tard, la sonnerie résonne de nouveau. Benji regarde l'appareil, mais ne se lève pas pour répondre.

— Tu ne réponds pas?

— C'est probablement la même personne.

— Et si c'était ton père?

Benji hésite, puis décroche à la quatrième sonnerie.

— Allô?

Cette fois, il raccroche immédiatement.

— C'est le même type?

Il acquiesce, mais ne dit rien. Lorsque le téléphone sonne une troisième fois, il n'y jette même pas un coup d'œil. Ça commence à devenir agaçant.

— Sapristi!

— Laisse sonner.

— Il a dû mal noter le numéro, dis-je. Je vais répondre.

Benji tend le bras pour m'arrêter, mais j'ai toujours été plus forte que lui. Je saisis le téléphone et regarde le numéro sur l'afficheur. L'écran indique : « Appel privé. »

— Benji, qu'est-ce que tu fais? Laisse-moi répondre!

— Ça ne vaut pas la peine. Regardons plutôt le film.

— Allô?

— Ne me raccroche pas au nez, pauvre type! Qu'est-ce qu'il y a? Tu as un rendez-vous avec un gars? Vous vous coiffez chacun votre tour? Vous vous déguisez?

— Qui parle?

Mais personne ne répond. J'entends un clic, puis le bourdonnement de la tonalité me résonne à l'oreille. Benji monte le volume de la télé et fait semblant d'être totalement absorbé par Sandra Bullock et les singeries qu'elle fait au concours de beauté.

— As-tu déjà reçu d'autres appels comme ça?

Benji feint la surprise.

— Comme quoi?

— Ne joue pas au plus fin, Benji. Est-ce qu'ils appellent souvent ici?

— C'était un mauvais numéro?

— Sapristi, Benji! Est-ce que ton père est au courant?

Benji pâlit, mais il continue de fixer l'écran de télé.

— Bien sûr que non. Et ne lui dis pas. Il serait furieux.

Je m'empare de la télécommande et éteins la télé.

— Pourquoi tu ne m'as rien dit à propos de ces appels?

— Toi, tu ne voulais rien me dire au sujet de ta mère.

J'explose.

— C'est différent! C'est personnel! C'est... c'est...

Mais je ne trouve pas le mot approprié.

— Ce ne sont que des blagues au téléphone, insiste Benji.

— Et alors? Je crois quand même que tu devrais en parler à ton père. Ce type ne rappellera plus jamais ici s'il se fait enguirlander par le Dentonateur.

— Mon père pensera probablement que je l'ai cherché.

— Non, il ne pensera pas ça, dis-je, même si je sais, au fond, que Benji a raison.

— S'il te plaît, est-ce qu'on peut remettre le film? demande-t-il.

Je suis beaucoup trop en colère pour rester assise tranquillement à regarder un film, mais Benji a l'air si misérable que je ne peux pas refuser. J'ai beau essayer, je ne parviens pas à suivre l'intrigue. J'ai l'impression que les pensées défilent à 200 kilomètres à l'heure dans ma tête. Je n'arrive pas à chasser cette horrible voix de mon esprit, et je me demande s'il y a autre chose que Benji ne me dit pas.

# Côlon

— N'oublie pas, Clarissa. Rentre directement après l'école. Nous rencontrons le docteur Fairbanks à 15 h 45.

Je fais semblant de chercher quelque chose dans mon sac à dos.

— Tu m'as entendue, Clarissa?

— *Mmm mmm.*

Ma mère croise les bras et se penche d'un côté.

— Alors, qu'est-ce que j'ai dit?

— Tu as dit de rentrer avant 15 h 45.

— Ce n'est pas tout à fait ça, mais tu as retenu le principal.

Benji arrive et frappe poliment à la porte grillagée. Je ne sais pas pourquoi il persiste à faire cela, puisque la porte est ouverte et qu'il peut nous voir. De toute façon, ce n'est pas comme s'il était un parfait étranger; il vient chez nous tous les jours depuis cinq ans. Je me demande si c'est possible d'être *trop* poli.

— Salut, Clarissa. Bonjour, mademoiselle Delaney.

— Est-ce que tu vas finir par m'appeler Annie?

— J'oubliais. Désolé, Annie.

Benji s'humecte les lèvres et se balance d'un pied sur l'autre.

— Comment allez-vous? demande-t-il.

Ma mère sourit.

— Je vais bien, Benji, merci. Je suis contente que Clarissa t'ait mis au courant du diagnostic, et je veux que tu saches que les choses sont encourageantes. Chaque jour, de nombreuses femmes reçoivent un diagnostic de cancer du sein et s'en sortent.

Benji rougit lorsqu'elle prononce le mot qui commence par S. Je ne lui ai pas dit de quelle sorte de cancer il s'agissait pour ne pas le (et me) mettre mal à l'aise. Une âme sensible comme Benji est facilement embarrassée, mais ma mère ne semble pas le remarquer. Elle continue de débiter des statistiques de plus en plus embarrassantes.

— L'important, c'est qu'on l'a détecté tôt et que nous allons faire tout notre possible pour le vaincre. Le docteur m'a dit qu'une femme sur neuf développera un cancer du sein au cours de sa vie. C'est le cancer le plus fréquent chez les femmes. Même les hommes peuvent avoir un cancer du sein. Peux-tu imaginer que...

— On va être en retard, dis-je. Allons-y, Benji.

— Au revoir, madam... Annie.

— Au revoir, Benji. Clarissa, on se revoit au plus tard à 15 h 30.

Je sors et claque la porte derrière moi. Benji a du mal à me suivre.

Il semble un peu secoué.

— Désolée. Elle ne parle que de ça ces jours-ci.

— Ce n'est pas grave.

— Oui, c'est grave! Elle m'embarrasse! Elle embarrasse mes amis.

— Ça ne me dérange pas, je t'assure.

— Eh bien moi, ça me dérange.

— Tu ne préfères pas savoir ce qui se passe?

— Non. Et je ne veux pas aller voir ce fichu docteur.

— Moi, j'aimerais mieux savoir.

— Ce n'est pas ta mère, à ce que je sache.

Dès que les mots sont sortis de ma bouche, je suis prise de

remords. Les commentaires sur les mères sont un véritable coup bas pour Benji.

— Excuse-moi, dis-je à voix basse. Mais ça me met tellement en colère.

Une horrible pensée me traverse l'esprit, au point que j'en ai la peau froide et moite comme si j'allais être malade. Je m'arrête net et me tourne vers Benji.

— Tu n'en parleras à personne, n'est-ce pas?

Benji a l'air sincèrement choqué.

— Bien sûr que non!

— Bien. Parce que si tu le faisais…

Je n'ai pas besoin de terminer ma phrase. Nous savons tous les deux que je pourrais le réduire en bouillie si je le voulais vraiment.

\* \* \*

J'arrive chez moi à 15 h 30 précises et je trouve ma mère et Denise qui m'attendent dans la voiture.

— Qu'est-ce qu'*elle* fait là?

— Contente de te voir aussi, la puce.

— *Denise* est là parce que je veux qu'elle s'implique. Elle fait partie de la famille à mes yeux, et je te demande donc de changer d'attitude immédiatement.

Je monte dans la voiture (sur la banquette arrière, puisque les jambes de Denise sont si longues qu'elle doit s'asseoir à l'avant), je mets mes lunettes de soleil et je m'enfonce aussi profondément que possible dans mon siège. Je ne veux pas que qui que ce soit me voie arriver à l'hôpital et commence à répandre des rumeurs.

Le bureau du docteur Fairbanks est à l'hôpital, dans lequel je ne suis entrée qu'une fois, sans compter le jour où je suis née, car qui se souvient de sa propre naissance? Il y a deux ans, je suis tombée de l'échelle horizontale et me suis cassé le poignet. Depuis, j'ai renoncé à une carrière d'acrobate avec le Cirque du Soleil et j'ai juré de ne plus m'accrocher à l'échelle horizontale ni d'entrer dans les hôpitaux en général.

Je déteste aller à l'hôpital. Les infirmières et les médecins parlent à voix basse et vous emmènent derrière des rideaux verts pour vous chuchoter d'autres mauvaises nouvelles. C'est trop silencieux. On dirait que tout l'édifice retient son souffle, comme si, d'une minute à l'autre, les portes allaient brusquement s'ouvrir et libérer des tas de civières transportant des gens hurlant de douleur et répandant leur sang partout. Je raconte tout ça à ma mère, mais elle m'assure que j'ai vu trop d'émissions de télé dramatiques sur les hôpitaux et qu'un désastre d'une telle ampleur risque fort peu de se produire.

— Mais ça pourrait arriver.

— Oui, Clarissa, ça *pourrait* arriver, mais c'est peu probable.

— Mais ça *pourrait* arriver.

— En effet. Mais si c'était le cas, je ne pense pas qu'on les ferait monter à la clinique de cancérologie.

— Je me laisserais bien soigner par George Clooney ou Patrick Dempsey, dit Denise.

— D'après mon expérience, les vrais docteurs n'ont jamais d'aussi beaux cheveux, soupire ma mère. En général, ils souffrent de calvitie avancée.

Denise rit, un peu trop fort peut-être, car la réceptionniste nous regarde en fronçant les sourcils par-dessus ses lunettes, tandis que la dame en face de nous interrompt la lecture de son magazine pour nous faire les gros yeux, comme si on se criait des obscénités à tue-tête.

— *Chuuuut,* fait ma mère. On ne rit pas dans un hôpital.

Ce qui, bien sûr, les fait rire de plus belle.

Si vous voulez mon avis, on aurait bien besoin de rire davantage dans cet hôpital.

\* \* \*

— Le docteur Fairbanks est prêt à vous recevoir, Annie.

Même si la réceptionniste ne s'adresse pas directement à moi, mon cœur bondit dans ma poitrine.

— C'est à nous, les filles.

Ma mère se lève, prend son manteau, son sac à main et sa lime à ongles et traverse le couloir jusqu'au cabinet du docteur Fairbanks comme si elle venait passer un examen de routine au cabinet de son médecin de famille. Elle est incroyablement belle. Comment peut-elle être malade? Denise et moi la suivons. Je soupçonne Denise d'être encore plus nerveuse que moi, car elle vient de prendre son quatrième morceau de gomme à mâcher en moins d'une demi-heure. Le bruit sec que fait sa mâchoire quand elle mastique me rend folle. Je vais devoir m'assurer que ma mère s'assoit au milieu dans le bureau du docteur Fairbanks.

— Ah. Bienvenue. Annie, Denise, content de vous revoir. Et tu dois être Clarissa.

Ma mère avait raison concernant la calvitie. Le docteur Fairbanks a un petit cercle chauve sur le dessus de la tête, entouré d'un anneau de cheveux bruns. Il est petit et potelé, et ses joues sont roses, bien qu'il ne fasse pas assez froid pour justifier une telle couleur. Lorsque je serre sa main, celle-ci est chaude et sèche, et il porte une alliance à l'annulaire. Dommage, Denise.

— Aujourd'hui, nous sommes ici pour parler de l'horaire de traitement d'Annie. Mais d'abord, avez-vous des questions?

Nous secouons toutes la tête.

Il sort ses lunettes de la poche de sa blouse blanche et les pose sur le bout de son nez.

— Nous commencerons par enlever la masse ainsi que certaines cellules avoisinantes, puis nous poursuivrons avec la chimiothérapie, puis la radiothérapie, qui bombarderont toutes les cellules cancéreuses qu'il pourrait rester dans cette zone.

J'essaie de me représenter la scène, et j'imagine l'un de ces jeux d'arcade munis de fusils que l'on braque sur l'écran pour tirer sur des lumières qui clignotent. Maintenant, tout ce qui me vient à l'esprit, c'est l'image du docteur Fairbanks et d'une équipe d'infirmières portant masques et lunettes protectrices, et pointant des pistolets laser vers la poitrine de ma mère.

— Le traitement lui-même sera sans douleur, mais il peut entraîner de la rougeur et une sensibilité au niveau du sein.

— Comme l'allaitement, dit ma mère.

Oh mon Dieu. Je sens mes joues devenir rouges et me cale encore plus dans mon fauteuil tandis que Denise et le docteur Fairbanks rient. Je ne vois pas ce qu'il y a de si drôle.

— C'est si important de conserver son sens de l'humour, fait remarquer le docteur Fairbanks. Je constate que vous n'en manquez pas.

Il continue.

— Vous rencontrerez un radiologiste dans quelques semaines pour déterminer la durée de votre traitement. Mais comme nous en avons déjà discuté, nous n'avons pas les installations nécessaires ici, à l'Hôpital général. Le centre le plus près se trouve à London. Avez-vous réfléchi aux différentes options qui s'offrent à vous?

— Oui, mais il nous reste encore quelques détails à régler, répond ma mère.

Des options? Quelles options?

— Est-ce que tu as des questions, Clarissa?

Je hausse les épaules et évite tout contact visuel. Plus vite je sortirai d'ici, mieux ce sera.

Le docteur Fairbanks poursuit.

— Bien des enfants veulent savoir si le cancer est contagieux, comme un rhume. La réponse est non, on ne peut pas attraper le cancer d'une autre personne. Certains se demandent aussi si la personne atteinte va mourir. Il est vrai que beaucoup de gens meurent du cancer, mais pas tout le monde. Nous allons faire tout ce que nous pouvons pour aider ta mère, et je crois qu'elle a de bonnes chances de se rétablir complètement.

Tout le monde me répète sans cesse qu'ils vont faire tout ce qu'ils peuvent, qu'ils ont détecté le cancer au début, comme si cela arrangeait tout. Mais le fait est que rien n'est sûr à cent pour cent. Bien des choses pourraient encore mal tourner. J'ai horreur que personne ne semble prendre cela aussi sérieusement que moi. Je veux savoir ce qui se passe quand le cancer ne s'en va pas. Qu'est-ce qu'on fait alors? Voilà les questions que je veux vraiment poser; mais je ne sais pas pourquoi, je ne crois pas que le docteur Fairbanks soit prêt à me donner ces réponses. Soudain, mon visage s'enflamme, et si je ne sors pas d'ici aussitôt que possible, je vais me mettre à pleurer comme une Madeleine.

— Est-ce que je peux sortir?

Le docteur Fairbanks cligne des yeux.

— Sortir? répète-t-il.

— Pour aller aux toilettes.

Son visage se détend, et il sourit.

— Bien sûr. J'ai encore quelques points à discuter avec ta mère, cependant. Aimerais-tu que nous t'atten…

— Oh non, dis-je. Continuez, ne m'attendez pas. J'attendrai à l'extérieur.

— Tu n'as qu'à demander à Judy à la réception de t'indiquer le chemin, dit le docteur Fairbanks.

Je hoche la tête, mais ne me retourne pas. Je sens le regard de ma mère rivé sur moi. Elle sait que je mens au sujet des toilettes, mais je m'en fiche. Si je reste ici une seconde de plus, je vais hurler.

* * *

J'aimerais pouvoir dire que le reste de la visite s'est bien déroulé, mais ce n'est pas le cas. Pendant que j'attendais sagement, la femme à côté de moi a commencé à me parler de son mari, John, et de son côlon. Je n'étais pas certaine de ce qu'était un côlon, mais je me doutais qu'il s'agissait de quelque chose de dégoûtant, peut-être plus embarrassant encore que le mot qui commence par S et que j'espère ne jamais avoir à dire tout haut. Ce n'est sûrement pas quelque chose dont on devrait discuter avec de parfaits inconnus, mais allez donc dire ça à Susan. Elle ne voyait aucun problème à tout me raconter sur le côlon de son mari. J'ai appris qu'il était au stade 1, « Dieu merci », et qu'il allait bientôt commencer ses traitements.

J'ai hoché poliment la tête sans jamais quitter des yeux mon *National Geographic*. Je n'aime même pas les magazines scientifiques, mais tout plutôt que de parler côlons avec Susan. Il faut dire qu'il y avait un article sur les baleines bleues qui était presque intéressant.

Après m'avoir dit tout ce qu'elle savait sur les côlons, Susan a demandé ce qu'une jeune fille comme moi faisait dans la salle d'attente d'un hôpital par une aussi belle journée. Je trouve franchement agaçant que les adultes nous répètent sans cesse d'être polis et de ne pas poser de questions indiscrètes, alors que cette règle ne semble pas s'appliquer à eux. J'aurais bien voulu pouvoir feindre la surdité, ou au moins un évanouissement, mais le moment venu, je me dégonfle toujours.

— J'attends ma mère.

Susan a écarquillé les yeux derrière ses lunettes et pendant une minute j'ai eu très peur qu'elle me fasse un gros câlin. Je me suis éloignée le plus possible sur ma chaise et j'ai toussé dans ma main, espérant qu'avec un peu de chance, elle me pense atteinte d'un quelconque microbe contagieux. Elle était du genre à traîner du désinfectant à mains dans son sac et à essuyer les poignées de porte avec des lingettes désinfectantes. Elle portait un pantalon rose de grand-mère avec un chemisier assorti, et ses cheveux gris lustrés étaient coiffés en une coupe au carré pratique agrémentée d'une frange bouffante. Ma mère a surnommé cette coiffure le casque de protection. Casque à cause de sa forme, et protection parce qu'il n'y a rien de chic ni de controversé dans cette coiffure.

— Ma pauvre enfant. De quelle sorte de cancer souffre-t-elle?

Si seulement je pouvais pleurer sur demande. Susan se serait sentie tellement mal de m'avoir questionnée ainsi sur le cancer de ma mère qu'elle n'aurait pas insisté. Mais même la pensée de prononcer le mot qui commence par S n'a pas suffi à me faire pleurer. C'est l'une des seules fois où j'aurais souhaité pouvoir changer de place avec Mattie Cohen. Elle a le don des larmes, c'est indéniable.

Susan me dévisageait. Elle s'est penchée vers moi et m'a tapoté le genou en murmurant des choses comme « là, là » ou « pauvre petite ». Nous étions dangereusement près d'une étreinte. À vrai dire, Susan était si près que je pouvais sentir son parfum. Lourd et sucré, il me chatouillait le nez comme un fixatif bon marché. J'avais le choix entre cracher le morceau ou suffoquer dans son parfum de vieille dame.

Mes joues étaient si chaudes que je me suis dit pendant un moment qu'en effet, j'étais peut-être malade. Susan ne semblait pas se rendre compte à quel point je me sentais mal. Ou peut-être qu'elle croyait que j'étais bouleversée. Elle roucoulait tout en secouant la tête.

— Ce doit être difficile pour toi d'en parler. Tu es une fille courageuse, très courageuse. Je vais prier pour toi. Pour toi et ta mère.

Elle m'a alors pris la main et l'a serrée. La remerciant du bout des lèvres, j'ai tenté de retirer ma main, mais Susan l'a tenue jusqu'à ce que son mari sorte de la salle d'examen. Il avait l'air sympathique. Il avait le dos légèrement voûté et affichait un gentil sourire un peu timide. Il me faisait un peu penser à Benji. En l'apercevant, Susan s'est levée d'un bond et est allée chercher le manteau de son mari. J'ai remué mes doigts engourdis à force d'avoir été serrés si fort, et j'ai repris ma lecture du *National Geographic*. Tandis que Susan retenait ma main, j'avais fixé la même page durant dix minutes.

Je me suis demandé si je devais adresser quelques mots à John, mais je ne savais pas quoi dire. « Bonne chance avec votre côlon » ressemblait plus à une blague qu'à un souhait sincère, ce qui était le cas. Alors, j'ai gardé la tête baissée et fait semblant d'être fascinée par les sittelles pygmées. Quand j'ai levé les yeux, Susan et son mari étaient partis.

# Conseillère

De tous les cancers au monde, il a fallu que ma mère ait le cancer du sein. Je n'aime pas penser à ce mot qui commence par S, encore moins le prononcer. À la seule pensée de le dire tout haut, mon larynx se ratatine comme un raisin sec et les joues me brûlent. Comme si le mot en S n'était pas assez désagréable comme ça, maintenant chaque fois que je l'entendrai, je songerai immédiatement au cancer. Comme dans ce jeu où, quand quelqu'un dit un mot, on doit répondre la première chose qui nous vient à l'esprit. Par exemple, si vous dites « fête » à Benji, il criera « maison » si rapidement que vous aurez l'impression qu'il savait quel mot vous alliez dire. Il raffole de cette stupide émission.

Aujourd'hui, j'ai dû dire le mot en S quatre fois. C'est plus que le nombre de fois où je l'ai prononcé à haute voix durant toute ma vie.

Les trois premières fois, j'étais dans le bureau de la conseillère d'orientation, assise en face de Mme Stremecki : elle a cru que ce serait une bonne idée de discuter de la maladie de ma mère. Je ne sais pas comment les écoles apprennent toutes ces choses personnelles sur leurs élèves. Dans ce cas-ci, j'imagine que ma mère a téléphoné et a demandé que quelqu'un s'occupe de sa fille difficile. Malheureusement, Mme Stremecki est l'une de ces personnes qui pensent que pour surmonter une difficulté, il faut l'affronter en la verbalisant. Elle semble convaincue que plus souvent je prononcerai les mots « cancer du sein », mieux je serai outillée pour y faire face; comme si en arrivant à les dire à haute voix, je n'aurais plus peur de ce qu'ils signifient. Je vous jure, elle a essayé de glisser le mot en S dans la conversation autant de fois qu'elle le pouvait.

— Dis-moi comment tu te sens depuis que ta mère a un cancer du sein.

— As-tu des questions sur le cancer du sein?

— As-tu peur de perdre ta mère à cause du cancer du sein?

J'ai croisé fermement les bras et répondu en aussi peu de mots que possible. Ma mère appelle ça « faire la baboune », mais Mme Stremecki n'a pas semblé trouver mon attitude aussi exaspérante qu'elle. De toute évidence, elle a conclu que c'était à cause du cancer de ma mère, et puisqu'elle est conseillère d'orientation, il est probablement écrit dans son contrat qu'elle doit se montrer plus compréhensive que la majorité des parents.

— Nous pourrons en reparler plus tard, Clarissa. Mais je veux que tu saches que ma porte est toujours ouverte si tu as besoin de moi.

J'ai hoché la tête et l'ai remerciée, mais avant qu'elle me laisse partir, il m'a fallu prononcer les mots « cancer du sein » trois fois. Puis elle m'a serré l'épaule gentiment et m'a renvoyée en géographie avec une sucette, ce qui n'a pas compensé pour les trois fois où j'ai dû dire le mot en S, même s'il s'agissait d'une sucette au raisin.

La quatrième et pire fois, c'était durant le cours de français. Mme Stremecki m'a retenue plus longtemps que prévu et, lorsque je suis retournée en classe, ils avaient terminé la géographie et s'étaient divisés en petits groupes de lecture. J'ai remis mon billet à M. Campbell sans le regarder et je me suis glissée sur ma chaise. Je savais que, si je levais les yeux vers lui, il devinerait que je venais de passer 30 minutes dans le bureau de la conseillère à discuter de… vous savez quoi. J'ai évité de justesse l'interrogatoire de mon enseignant, mais je n'ai pas eu autant de chance avec les membres de mon groupe.

— Où étais-tu? a demandé Rocco.

J'ai ignoré sa question, comme j'ignore toujours tout ce que dit Rocco Martinez. Il a toujours la morve au nez et fait des rots au visage de tout le monde. Normalement, tout le monde ignore Rocco; sauf que cette fois, mon groupe s'est tourné vers moi, semblant attendre une réponse.

— Ouais, où étais-tu? a répété Kevin.

— Ce n'est pas tes oignons.

— Elle était avec la conseillère. Je l'ai vue.

Je jure que si je pouvais choisir un superpouvoir, j'opterais pour des yeux au laser qui m'auraient permis de tuer Amanda Krespi d'un seul regard. Rocco s'est animé. Probablement parce c'est lui qui a l'habitude de consulter Mme Stremecki.

— Avec la conseillère? C'est vrai? Tu as eu des mauvaises notes?

— Non, je n'ai pas eu de mauvaises notes.

Rocco a paru déconcerté.

— Tes parents vont divorcer?

Amanda a froncé les sourcils et lui a donné un brusque coup de coude dans les côtes.

— Mais non, gros bêta, Clarissa n'a pas de père.

— Oui, j'ai bel et bien un père, Amanda.

— Oui, mais tu ne *vis* pas avec lui.

— Excusez-moi, mais si ça ne vous dérange pas, j'aimerais qu'on travaille sur le livre…

— Allez, tu peux nous le dire! a supplié Kevin.

J'ai haussé les épaules comme si c'était sans importance et j'ai ouvert mon livre au chapitre trois. Cependant, je sentais leurs regards fixés sur moi et je savais qu'il n'y aurait pas moyen d'y échapper. J'ai songé à lever la main et à dire que je ne me sentais pas bien, mais tout mon groupe aurait alors parlé de moi en mon absence. Amanda et Mattie en auraient discuté à l'heure du dîner et bientôt, mon gros secret aurait été le sujet de conversation de toute la classe.

— Laissez-la tranquille. Je suis certaine qu'elle n'a pas envie d'en parler.

Mattie m'a souri de l'autre côté de la table. Je lui ai souri à mon tour en me disant qu'elle n'était pas si détestable que ça. Puis elle a ajouté :

— Vous ne voudriez pas que les gens vous importunent si votre mère avait le cancer.

Mon sourire s'est effacé aussitôt. Celui de tous les autres aussi. Rocco a laissé tomber son crayon et Kevin, pour la toute première fois, est soudain devenu absorbé par son livre. Amanda est restée bouche bée, son regard allant de moi à Mattie.

— C'est vrai, Clarissa? a demandé Amanda.

Mattie a rejeté en arrière ses satanés cheveux parfaits, ennuyée que quelqu'un ose mettre sa parole en doute.

— Bien sûr que c'est vrai. Ma mère est infirmière et elle lui a parlé à l'hôpital la semaine dernière, a-t-elle dit en se retournant vers moi, l'air consterné. Je suis extrêmement désolée, Clarissa.

— C'est grave? Est-ce qu'elle va mourir? a demandé Rocco.

— Rocco! s'est exclamée Mattie, l'air indigné.

Mais il n'y avait pas de quoi être surprise. C'était elle qui avait abordé le sujet.

— Quelle sorte de cancer a-t-elle? a demandé Amanda. Mon grand-père est mort d'un cancer du poumon.

— Ça ne te regarde pas, ai-je lâché sèchement.

— Un cancer de la peau?

— Non

— Du cerveau?

— Non.

— Du bras?

Mattie a levé les yeux au ciel et a poussé un grognement de mépris.

— Le cancer du bras n'existe pas, Rocco. Ce que tu peux être niaiseux!

— Je ne suis PAS niaiseux, espèce de nulle!

— Si on le devine, tu vas nous le dire? a ajouté Kevin.

— Non, non, non!

J'ai cherché désespérément M. Campbell des yeux, mais il se trouvait à l'autre bout de la pièce avec le groupe de Benji. Il riait, tout à fait inconscient de la torture que subissait l'une de ses élèves à quelques mètres seulement de lui

— C'est un cancer de femme, a soufflé Mattie.

J'ai imaginé mes yeux laser la coupant en un millier de petits morceaux que j'aurais mis dans une enveloppe et postés à sa mère avec une note disant : « *Chère madame Cohen, voilà ce qui arrive à ceux qui ne savent pas fermer leur trappe. Vous êtes la prochaine.* »

— Tu veux dire…

Rocco a mis ses mains en coupe sur sa poitrine en battant des cils.

Mattie a inspiré brusquement.

— C'est grossier et déplacé!

Amanda a aussitôt levé la main.

— Je le dis!

— Est-ce que tout va bien, groupe 4?

M. Campbell s'est enfin tourné vers nous, tout comme le reste de la classe.

— *Chuuuut*! ai-je dit entre mes dents.

— Oui, Amanda?

Cette dernière a enlevé ses cheveux de sa bouche assez longtemps pour déclarer d'une voix pleurnicheuse :

— Monsieur Campbell, Rocco est grossier et sexiste.

— C'est vrai, Rocco?

Le garçon a laissé retomber ses mains et a secoué la tête.

— Non.

— Quelqu'un veut bien me dire ce qui se passe? Clarissa?

J'ai fait signe que non en fixant mon cahier.

— Ça signifie que tu ne sais pas ce qui se passe ou que tu ne veux pas le dire?

J'ai haussé les épaules.

— S'il te plaît, Clarissa, parle. L'expression est une chose merveilleuse.

À ce moment-là, je ne savais plus trop qui je détestais le plus. Mattie Cohen ou M. Campbell.

Je ne sais trop comment, j'ai réussi à retrouver ma voix.

— Il a fait un geste grossier avec ses mains.

— Quel geste? a insisté M. Campbell.

— Il faisait comme si… Il faisait semblant que ses mains étaient…

J'ai jeté un regard désespéré en direction d'Amanda et de Mattie pour qu'elles m'aident. Amanda a baissé les yeux sur son livre en mâchonnant ses cheveux tandis que Mattie semblait au bord des larmes. Pour la solidarité féminine, on repassera.

— Oui, Clarissa?

— Il faisait semblant que ses mains étaient… vous savez?

J'ai levé les épaules et regardé ma propre poitrine, les joues en feu. Si c'était possible de mourir d'embarras, je serais morte à l'heure qu'il est.

M. Campbell m'a gratifiée d'un sourire tout en dents et a haussé les épaules à son tour.

— J'ai bien peur que non. Il faisait semblant que ses mains étaient…

— Des seins.

Je l'ai dit aussi bas qu'humainement possible, mais ce n'était pas encore assez. Des ricanements se sont fait entendre ici et là dans la pièce. M. Campbell s'est éclairci la voix et a tenté de reprendre le contrôle de la situation, mais le mal était fait. Toute la classe de 7$^e$ m'avait entendue prononcer le mot en S. Il y a eu un bourdonnement dans mes oreilles qui, j'en suis sûre, est probablement une sorte de mécanisme de défense primitif qui aide les gens à survivre en cas d'humiliation suprême. J'imagine que cela a fonctionné, puisque je suis encore là.

\* \* \*

— Benji, il faut faire quelque chose concernant M. Campbell.

— Pourquoi?

— Parce que je le déteste! Il se croit tellement intelligent et drôle, mais je ne peux pas passer toute une année à écouter Tony le tigre! Nous étions censés avoir Mlle Ross! Ce n'est pas juste!

— Qu'est-ce qu'on devrait faire?

— Personne ne nous écoutera; nous ne sommes que deux pauvres élèves. Et ma mère ne s'en mêlera pas, elle dit toujours que la vie est injuste et qu'il faut apprendre à s'adapter. Quant à Denise, c'est absolument hors de question, mais ton père, lui? Tout le monde connaît le Dentonateur.

— Je ne sais pas. Il ne s'implique pas beaucoup en ce qui a trait à l'école.

— Benji, réfléchis!

Il a l'air vexé.

— C'est ce que je fais.

— Dans ce cas, réfléchis plus fort. Nous devons vite trouver une idée. Je ne pense pas pouvoir le supporter encore bien longtemps. C'est notre préoccupation première pour l'instant.

Benji me décoche un drôle de regard.

— Et ta mère?

Je le foudroie du regard, le mettant au défi d'ajouter quoi que ce soit.

— Quoi, ma mère? J'ai déjà précisé qu'elle ne nous aidera pas, dis-je avec fermeté.

Benji ne sait plus où se mettre.

— OK. Je vais y penser.

# Changement

La solution à notre problème entre dans le Bazar Coiffure une semaine plus tard.

Benji et moi sommes accroupis derrière les paravents japonais et jouons à notre jeu préféré, À *qui les souliers?* Nous l'avons inventé après avoir constaté que nous pouvions voir les pieds des gens qui descendaient au salon dans l'espace sous les paravents. Le jeu consiste à deviner qui est la cliente en voyant ses chaussures. Au début, nous nous trompions tout le temps, alors nous avons décidé de créer des personnages pour aller avec les souliers. Ainsi, les bottes de cowboy violettes à la frange miteuse étaient celles d'une chanteuse country venue en ville pour échapper à un mari cinglé et à son mauvais caractère. Quelle déception quand nous avons découvert qu'elles appartenaient en fait à Mme Gregorio, l'enseignante de théâtre de l'école secondaire. Depuis, chaque fois que je rencontre quelqu'un, je prends soin d'examiner ses chaussures; c'est un peu comme faire de la recherche.

Par exemple, Denise ne porte que des souliers à talons hauts d'au moins cinq centimètres, généralement à bouts pointus. Elle soutient qu'en tant que vendeuse, son apparence fait partie du produit, « et je suis un bien meilleur produit en talons hauts ». Et ensuite elle se lamente qu'elle a mal aux pieds à la fin de la journée. Elle les frictionne constamment et se plaint de ses cors, de ses oignons et de ses durillons. Je fais de gros efforts pour ne pas regarder ses pieds quand elle parle de ça. Je n'ai jamais vu de cor ni d'oignon et c'est très bien ainsi. Elle prétend que c'est parce qu'elle passe toute la journée debout, mais je crois que c'est plutôt parce qu'elle passe toute la journée en talons hauts. Ma mère aussi est debout toute la journée, et on ne l'entend pas se plaindre. Il faut dire qu'elle porte ces souliers de course blancs qu'ont les infirmières. C'est parce que ma mère est raisonnable alors que Denise ne l'est pas.

Nous attendons l'entrée de la prochaine cliente lorsque la porte s'ouvre et qu'une paire de bottes inconnues, sûrement dispendieuses, mais pratiques (cuir brun, talon de hauteur moyenne et taches de sel sur le bout) descend l'escalier.

— C'est une vedette de cinéma de l'Alaska qui vient de rentrer d'un tournage dans l'Arctique, murmure Benji.

— Non, non. C'est une descendante de chasseurs vikings qui ont fait fortune en vendant des peaux d'ours polaires, et elle revient tout juste d'une expédition de chasse.

La chasseuse d'ours/vedette de cinéma de l'Alaska gâche notre plaisir en jetant un coup d'œil derrière le paravent japonais. Elle est plus jeune et beaucoup plus élégante que la plupart des clientes du Bazar Coiffure, avec son long manteau de laine, ses gants de cuir et le sac haute couture qu'elle tient sous son bras.

— Salut, je suis Marion McKinnon. J'ai un rendez-vous à 16 heures.

— Vous ne devriez pas être de ce côté-ci, dis-je en m'assoyant sur mes talons. La salle d'attente est juste là, de l'autre côté du paravent.

Marion me sourit.

— Qui êtes-vous? Des agents de sécurité?

— Mon nom est Clarissa Delaney. Ma mère est la propriétaire et seule coiffeuse du Bazar Coiffure. Et voici

Benji.

— J'habite à côté.

— Ravie de faire votre connaissance, Clarissa et Benji.

Marion nous salue tour à tour d'un signe de tête.

— Alors, qu'est-ce que vous faites là par terre?

Elle en a du culot! Avant que j'aie la chance de lui dire qu'en fait, ce que je décide de faire dans ma propre maison ne la regarde pas, Benji lance :

— Nous aimons bien vos bottes.

Le visage de Marion s'épanouit en un large sourire. Les gens adorent qu'on les complimente sur leurs chaussures. Les chasseuses d'ours/vedettes de cinéma de l'Alaska ne font pas exception.

— Merci. Elles étaient en bon état jusqu'à cette fin de semaine. Je suis allée à Ottawa, et il y a déjà de la neige là-bas. Je n'ai pas encore eu le temps d'essuyer les taches de sel.

— Qu'est-ce qu'il y avait de spécial à Ottawa? dis-je.

— À part la neige? Un rassemblement.

— Quel genre de rassemblement? demande Benji.

— Politique.

Avant que nous puissions découvrir ce qu'une personne portant des bottes aussi sophistiquées faisait à un rassemblement politique, ma mère et Dolores Pincott surgissent dans l'entrée du salon. Dolores a presque 80 ans et, chaque lundi, elle vient faire coiffer ses cheveux d'un blanc presque bleuté en une masse de boucles qui lui couvrent toute la tête. Chaque semaine, elle nous offre, à Benji et moi, un bonbon blanc et rouge à rayures qu'elle sort de son sac à main. Leur goût laisse penser qu'ils sont là depuis 30 ans, mais nous ne voulons pas la froisser.

— Passez une bonne semaine, Dolly, et faites attention à

votre hanche! dit ma mère.

Elle a un surnom pour chaque cliente. C'est l'une des raisons qui expliquent que sa clientèle soit aussi loyale. Quand quelqu'un vous donne un surnom, vous vous sentez unique. Les clientes ont l'impression de rendre visite à une vieille amie qui, comme par hasard, est coiffeuse de son métier. C'est ma mère qui a trouvé le surnom de Benji. Avant, il se faisait appeler Ben, mais ça ne lui allait pas vraiment.

— Ça ne rend pas du tout justice à sa douceur, avait-elle dit.

Maintenant, même les enseignants l'appellent Benji. À ma connaissance, son père est la seule personne qui l'appelle encore Ben. Mais il faut dire que le Dentonateur n'est pas porté sur quoi que ce soit qui évoque la moindre douceur.

Ma mère aide Dolores/Dolly à mettre son manteau et à monter l'escalier, non sans avoir dit à Marion en lui souriant :

— Vous devez être Marion. Mon nom est Annie. Je suis à vous dans une minute. Clarissa va vous faire entrer.

Benji et moi passons à l'action, prenant le manteau de Marion et lui offrant un verre d'eau ou une tasse de thé.

— Du thé, s'il vous plaît, dit-elle en se calant dans l'un des fauteuils rouges.

Je m'assois à côté d'elle tandis que Benji court chercher du thé.

— Sur quoi portait votre rassemblement? dis-je tout bonnement en tournoyant dans mon fauteuil.

— Je suis membre d'un groupe qui fait du lobbying auprès du gouvernement en vue d'une réforme électorale.

— Mmm, dis-je en hochant la tête pour paraître

intéressée.

Les mots lobbying, gouvernement et électorale me rappellent les cours d'études sociales. Qui aurait cru qu'une personne aussi chic pouvait être aussi ennuyeuse?

— Nous venons de terminer une campagne de lettres assez fructueuse, ajoute-t-elle.

— En quoi ça consiste? dis-je, imaginant une pièce remplie de gens qui écrivent des lettres et lèchent un timbre après l'autre.

Pas très motivant, si vous voulez mon avis.

— Des gens de notre groupe écrivaient des lettres au gouvernement pour exprimer leur insatisfaction concernant le système électoral actuel, et nous avons envoyé assez de lettres pour enfin attirer son attention. Nous avons maintenant une audience avec le ministre, et ce sera une réelle occasion de générer du changement. Est-ce que la politique t'intéresse, Clarissa?

Je me fiche pas mal du gouvernement; en revanche, je m'intéresse à ce qu'elle a dit au sujet des lettres. J'ai besoin d'en savoir plus.

— Vous avez donc envoyé des tonnes de lettres, et maintenant vous allez rencontrer quelqu'un?

— C'est à peu près ça, répond Marion. Et si nous réussissons, peut-être que nous pourrons changer la façon dont on fait les choses dans ce pays.

Avant qu'elle ait pu ajouter autre chose, ma mère entre en coup de vent et pose sa main sur mon épaule. C'est son signal pour m'indiquer : « Je m'en occupe maintenant. »

— Je suis ravie de vous rencontrer, Marion. J'espère que ma fille a été de bonne compagnie.

— Nous parlions politique, dit Marion. C'est extrêmement agréable de voir une jeune fille s'intéresser au gouvernement.

Ma mère hausse un sourcil un bref instant.

— Oui, Clarissa a beaucoup d'opinions.

— Voici votre thé, mademoiselle McKinnon, dit Benji en lui tendant une tasse et une soucoupe.

— Merci, Benji, dit ma mère. Je ne sais pas ce que je ferais sans mon homme de main, plaisante-t-elle.

Marion rit et Benji rougit, à la fois flatté et embarrassé.

— Maintenant, si tu veux devenir une activiste de premier plan, tu ferais mieux de commencer tes devoirs, dit ma mère en me jetant un regard appuyé.

Marion nous serre la main.

— Enchantée d'avoir fait votre connaissance, Clarissa et Benji.

Nous lui disons au revoir et quittons le salon au moment où ma mère demande à Marion :

— Est-ce que vous désirez une coupe d'entretien ou préférez-vous essayer quelque chose de nouveau?

Dans le séjour, je monte le son de la télé autant que je le peux sans que ma mère nous crie de le baisser.

— Je sais comment nous allons nous débarrasser de M. Campbell, dis-je tout bas.

Benji paraît inquiet.

— Nous débarrasser de lui?

— Oui. Nous allons entreprendre une campagne de lettres.

\* \* \*

— Voilà, j'ai terminé.

Je m'adosse à la chaise et m'émerveille devant ma première lettre qui apparaît à l'écran de l'ordinateur. Elle a l'air tellement professionnel, avec son double interligne et tout. Benji approche sa chaise et regarde par-dessus mon épaule.

— Laisse-moi lire. Je vais vérifier s'il y a des fautes.

Je le pousse.

— Tu parles! Je l'ai déjà passée au correcteur!

— Tu sais, si on veut qu'elle paraisse vraiment professionnelle, on devrait utiliser un en-tête, suggère Benji.

Je fronce les sourcils.

— Et où est-ce qu'on va trouver ça?

— On pourrait en faire un, dit Benji. Il existe peut-être des modèles dont on peut se servir.

Comme je ne suis pas un génie de l'informatique, je laisse Benji chercher un modèle pendant que je vais chercher une collation. C'est démoralisant. J'espérais manger des biscuits aux chocolats ou peut-être des craquelins au fromage, mais depuis qu'elle a reçu son diagnostic de cancer, ma mère a rempli la maison de collations santé, comme des raisins secs ou des bâtonnets de carottes. Je préfère me priver plutôt que de manger comme un lapin.

— Désolée, Benji, il n'y a rien à manger. Ça te dirait qu'on aille au dépanneur s'acheter des bonbons surs?

— Entendu.

— Combien d'argent as-tu?

— Peut-être un dollar.

— Moi, j'ai une pièce de deux dollars. Il faudra s'en contenter. Allez, imprime la lettre, et on pourra la mettre à la poste en passant.

— Où vas-tu trouver un timbre? demande Benji.

— Ne te fais pas de souci, je m'en occupe. Suis-moi.

Je le conduis en haut jusqu'à la chambre de ma mère.

— Es-tu certaine qu'on a le droit d'être ici? chuchote-t-il.

— La porte était ouverte. Si elle ne veut pas qu'on entre, elle n'a qu'à la verrouiller. Ou au moins la fermer.

Ma mère garde tout son courrier, ses factures et autres paperasses dans une boîte sur son secrétaire portant l'inscription À *poster*. Juste à côté se trouve un rouleau de timbres. Il semble y en avoir une cinquantaine, et ce n'est pas un tout petit timbre en moins qui fera une différence. Je glisse la lettre dans une enveloppe, humecte la bande gommée et colle le timbre dans le coin.

— Maintenant, trouve l'adresse de l'école, dis-je à Benji. Il doit bien y avoir une lettre de l'école quelque part ici.

— Je crois que c'est illégal d'ouvrir le courrier de quelqu'un d'autre.

— Mais on ne l'ouvre pas. On ne le lit même pas. On ne fait que regarder l'extérieur. Si c'était illégal, tous les facteurs seraient en prison à l'heure actuelle.

Benji semble rassuré.

— J'ai trouvé, dit-il.

— Crois-tu que je devrais l'adresser à Mme la directrice ou à Mme Donner?

— Je dirais Mme Donner, virgule, puis directrice.

— Parfait.

Je copie l'adresse de ma plus belle écriture et glisse soigneusement l'enveloppe dans la poche arrière de mon jean.

— Allez, on y va.

\* \* \*

Je gambade presque durant le trajet aller-retour jusqu'au dépanneur. Je me sens bien depuis que j'ai décidé de faire quelque chose au sujet de M. Campbell.

— Je crois que nous devrions nous relayer pour écrire les lettres, dis-je en fourrant un bonbon sur jaune dans ma bouche.

— Pourquoi?

113

— Parce que comme ça, elles seront différentes et auront l'air plus authentique.

Benji semble mal à l'aise.

— Je ne suis pas certain de vouloir en écrire, admet-il.

— Benji, tu veux générer du changement, oui ou non?

Un pli se dessine au-dessus de son nez tandis qu'il fronce les sourcils.

— Qu'est-ce que tu veux dire par générer du changement?

Je soupire.

— C'est un truc politique. Tu ne comprendrais pas. Veux-tu que Mlle Ross revienne ou pas?

— Tu penses réellement que les lettres serviront à quelque chose?

— Ce sera mieux que rien. Comment est ta clé sure?

Benji en déchire un gros morceau avec ses dents et fait la grimace.

— Pas très fraîche. Et toi, ta boule sure?

J'ouvre la boîte aux lettres et y laisse tomber l'enveloppe, l'ouvrant et la refermant à deux reprises pour m'assurer que la lettre y est bien tombée.

— C'est la plus délicieuse que j'aie jamais mangée.

\* \* \*

Chaque fois que M. Campbell dit une stupidité ou m'agace, j'en prends note dans mon cahier pour pouvoir m'y référer plus tard en écrivant une nouvelle lettre. J'ai de plus en plus de facilité à rédiger des lettres. Avant, je les lisais à Benji, mais comme il était réticent à participer à notre campagne de lettres, je les écris maintenant une fois qu'il est rentré chez lui et les poste moi-même. Il pense probablement que j'ai arrêté.

C'est un bon exercice pour mon futur métier d'actrice. Chaque fois, je me fais passer pour quelqu'un d'autre :

une mère au foyer, un infirmier, une avocate, un agent immobilier. J'ai même fait semblant d'être Denise une fois, mais je n'ai pas signé son nom. J'ai utilisé beaucoup de points d'exclamation et de phrases comme « pas possible » ou « vous pouvez me croire ». Je ne signe jamais, pas même un nom inventé. Grâce aux dossiers scolaires, il est facile de chercher et de vérifier des noms. Je signe plutôt « Anonyme » ou « Un parent inquiet ». Si l'école découvrait que les noms sont faux, elle ne prendrait pas les lettres au sérieux. Je me sers du dictionnaire des synonymes de mon ordinateur pour trouver des nouveaux mots et donner un style un peu différent à chaque lettre. Je me sens mieux depuis que j'agis pour régler le problème au lieu de me croiser les bras et d'attendre qu'il se passe quelque chose comme le reste du monde entier.

* * *

— As-tu choisi ton héros des temps modernes? demande Benji.

— Pas encore. Et toi?

Benji se gratte le nez et me tend son texte sans dire un mot, signe évident qu'il se passe quelque chose. En haut de la feuille, il a inscrit le titre : « *Annie Delaney : la Wonder Woman du quartier* ». « Wonder Woman » est écrit en lettres de fantaisie, comme dans les bandes dessinées. Benji est un artiste talentueux, mais quand on le lui dit, il se contente de hausser les épaules et de dire qu'il copie bien. Il ne recherche pas les compliments, et c'est tant mieux, parce que je ne vais certainement pas le féliciter pour son travail.

— Qu'est-ce que c'est?

Benji me regarde comme si j'étais bouchée ou folle, ou peut-être les deux.

— C'est mon texte.

— Je sais que c'est ton texte, gros bêta. Ce que je veux dire, c'est qu'est-ce qui t'a pris d'écrire sur ma mère?

De nouveau, Benji lève les épaules et reste muet comme il le fait toujours quand il est nerveux. Mais je n'ai pas l'intention de le laisser s'en sortir aussi facilement. Quand on connaît une personne depuis toujours, on ne devient pas soudain nerveux en sa compagnie, à moins de savoir qu'on a fait quelque chose de mal et d'essayer de le lui cacher.

— Eh bien?

— Eh bien, tout d'abord, elle est chef d'entreprise.

— Et alors?

— Alors, cela signifie qu'elle a démarré son propre commerce.

— Je sais ce qu'est un chef d'entreprise, Benji. Où veux-tu en venir? Des tas de gens ont leur propre entreprise.

— Et elle est monoparentale.

— Oh, je vois. Et moi je suis une enfant terriblement difficile, n'est-ce pas? Donc ce fut dix fois plus difficile pour elle que pour toutes les autres mères monoparentales.

Benji a l'air un peu penaud, mais on ne peut pas dire qu'il s'empresse de me contredire.

— Et elle combat...

— Ne le dis pas!

— ... un cancer du sein.

— Tu sais que je *déteste* ce mot.

— Navré. Pourquoi es-tu si en colère?

— Je ne suis pas en colère!

Mais même en prononçant ces mots, je sais que ce n'est pas vrai.

Je suis en colère, mais je ne sais pas pourquoi. Qu'est-ce que ça peut faire que Benji ait choisi ma mère? Les choses qu'il dit sont vraies. Selon les critères de M. Campbell, c'est une héroïne des temps modernes comme une autre. Et pourtant, tout ce que je veux, c'est m'emparer du texte de Benji et le déchirer en morceaux.

— Si tu ne veux pas que je le remette, je ne le remettrai pas, dit Benji, mais je sais que ce n'est pas ce qu'il souhaite.

Voilà ce que j'appelle un vrai de vrai meilleur ami. Hélas, je dois avouer que j'ai songé à accepter son offre, mais seulement pendant une seconde. Je suis peut-être une mauvaise fille pour ma mère, mais je ne suis pas une mauvaise amie pour Benji.

— Je pourrais choisir quelqu'un d'autre, dit Benji. Oprah, par exemple.

— Ne sois pas ridicule, tu as déjà terminé le travail.

— Je ne veux pas que tu sois fâchée.

— Je te l'ai dit, je ne suis pas fâchée! dis-je d'un ton cassant. Je suis juste… surprise.

Ce n'est pas tout à fait la vérité : je suis à la fois fâchée et surprise. Ou peut-être que je suis fâchée parce que je suis surprise. Il ne m'est jamais venu à l'esprit de choisir ma propre mère comme héroïne des temps modernes, bien qu'elle soit chef d'entreprise, monoparentale et atteinte du cancer. Elle n'est que ma mère. Quelqu'un qui me tape constamment sur les nerfs et qui sait exactement ce qu'il faut faire pour me rendre si furieuse que j'ai envie de hurler. Mais Benji, lui, a trouvé qu'elle avait tout d'une héroïne. En quelques minutes, je suis passée de la colère à la surprise, et de la surprise à la honte. S'il y a quelqu'un qui devrait écrire sur l'héroïne qu'est ma mère, c'est bien moi.

— Est-ce que tu vas le lui montrer? dis-je en espérant qu'il réponde non.

C'est une chose d'écrire sur elle, mais écrire sur elle ET lui montrer le texte, ce serait trop. Je ne m'en remettrais jamais. Toute ma vie, je serais comparée au prévenant, au gentil, au parfait Benji.

Mais je n'aurais pas dû m'inquiéter. Benji pâlit et secoue la tête.

— Jamais de la vie, dit-il.

Et je sais que c'est vrai. Pour l'amour du ciel, il l'appelle encore Mlle Annie! Il tomberait probablement dans les pommes si elle apprenait qu'il lui a dédié tout un travail d'études sociales.

— Je garderai le secret, dis-je.

Quand on y pense, c'est très gentil de ma part. Benji a déjà tellement de choses embarrassantes qui lui compliquent la vie; je ne voudrais pas que s'évanouir devant sa propre héroïne vienne s'ajouter à la liste. Comme vous voyez, non seulement je suis une bonne amie, mais je suis aussi, parfois, une amie dévouée.

# Cheryl

Le jour de la chirurgie de ma mère, Denise vient me chercher à l'école pour que nous puissions nous rendre directement à l'hôpital. J'aurais voulu que Benji vienne avec nous, mais il ne peut pas sortir sans la permission du Dentonateur, permission qu'il n'obtiendrait probablement pas de toute façon. Car jamais son père ne laisserait Benji monter dans une voiture avec Denise. Elle a tendance à tourner les coins de rue un peu plus rapidement que la moyenne des gens, et il y a plus d'une bosse sur l'aile avant droite de sa voiture pour le prouver.

— Appelle-moi à la seconde où tu rentres, me fait promettre Benji.

— D'accord.

Dans la voiture, Denise débite des informations sur l'opération, soulignant à quel point c'est rapide de nos jours, et à quel point la médecine est étonnante. Si elle est si étonnante que ça, comment se fait-il qu'on n'ait pas encore découvert de remède contre le cancer?

Nous nous arrêtons à la boutique de cadeaux, mais je ne vois rien qui convienne à ma mère. Dans mon sac à dos se trouve une carte de prompt rétablissement que Benji a faite ce matin durant le cours d'éducation à la santé. C'est bien son genre de fabriquer quelque chose lui-même. Je sais que ce n'est pas ce qu'il cherche, mais j'ai l'air nulle par rapport à lui. Jamais je ne pourrais faire une carte comme celle-là. Pendant un instant, je songe à ne pas la lui donner. Ce n'est

119

pas ma faute si je ne suis pas douée pour les arts. Je regarde les cartes le long du mur à la boutique de cadeaux, mais aucune d'elle n'est aussi belle que celle de Benji. J'achète plutôt quelques magazines, signe mon nom au bas de la carte de Benji et fais le vœu de lui acheter une maison avec un atelier d'artiste quand je serai célèbre.

* * *

— Vous pouvez la voir maintenant.

Denise me pousse vers l'infirmière. Elle a l'air gentille : elle ressemble à une enseignante de maternelle avec son grand sourire (le genre de sourire qui a pour but d'empêcher les petits enfants de pleurer). Ses cheveux brun foncé sont noués en une queue de cheval épaisse et lustrée, sans aucun frisottis ni mèche folle. Des cheveux cent pour cent américains, comme dirait ma mère. Elle porte une tenue chirurgicale rose, et ses chaussures de sport sont d'un blanc immaculé, presque trop blanc pour être vrai. Ça éveille mes soupçons. Je me demande si les infirmières doivent blanchir leurs souliers après chaque quart de travail. Ces chaussures ont beau être blanches, peut-être qu'à un certain moment elles ont été maculées de sang.

— Tu dois être Clarissa, dit l'infirmière de maternelle. Je suis Cheryl Cohen, la mère de Mattie.

Dilemme. À cause de Cheryl Cohen qui ne sait pas la boucler, toute ma classe est au courant que ma mère a un cancer. J'ai presque envie de lui dire ce que je pense exactement des bavardes aux airs de saintes-nitouches qui ne se mêlent pas de leurs affaires. Mais Cheryl est l'infirmière de ma mère. Je ne peux vraiment pas être impolie avec elle alors qu'elle s'occupe de ma mère.

— Oh, dis-je. Bonjour.

Je serre les dents pour que toutes les choses que je

voudrais lui dire ne s'échappent pas de ma bouche.

Cheryl me serre l'épaule.

— Tu es une fille courageuse. Mattie me parle souvent de toi. Maintenant, viens dire bonjour à ta mère. Je sais qu'elle veut te voir.

À l'intérieur, la pièce est divisée en deux sections par ce qui ressemble à un immense rideau de douche vert. Une femme dort dans la première section, mais de l'autre côté du rideau, ma mère est assise dans son lit. Elle a un tube planté dans le bras, et un verre d'eau se trouve sur un plateau posé sur ses genoux. Elle sourit en me voyant et tend la main. Ses lèvres sont gercées et son visage est d'un blanc crayeux. Pour rien au monde la Annie Delaney que je connais ne se montrerait comme ça en public.

— Clarissa, dit-elle d'une voix traînante. Viens, ma chouette.

Elle articule à peine et affiche un sourire niais. Je m'approche, et elle cherche ma main à tâtons, la saisit et m'attire vers elle. Je fais attention de ne pas effleurer sa poitrine au cas où elle aurait encore mal. Je ne veux même pas imaginer à quoi ça ressemble sous la jaquette d'hôpital mince comme du papier. Elle se penche et dépose un baiser sur ma tête. Elle dégage une étrange odeur d'hôpital et d'antiseptique; aucune trace de son parfum ni de son shampoing à la noix de coco.

— Laisse-moi te regarder.

Elle prend mon visage entre ses mains et examine mon visage. Ne pouvant pas vraiment détourner les yeux, j'étudie sa figure. Elle paraît fatiguée. Sa peau est si pâle que je peux voir les taches de rousseur sur son nez et les poches sous ses yeux. Elle cligne continuellement des yeux, lentement, comme si elle avait de la difficulté à les garder ouverts.

— Est-ce que ça fait mal? dis-je.

— Non. Je me sens plutôt engourdie.

— C'est à cause de l'anesthésie, dit Cheryl. Ça prend un moment avant de l'éliminer de notre système.

Ma mère se laisse retomber sur les oreillers avec un soupir, arborant toujours ce curieux sourire un peu niais. Je ne peux m'empêcher de fixer ses mains qui reposent maintenant sur la couverture, immobiles. La Annie Delaney que je connais est toujours en train de faire quelque chose avec ses mains : limer ses ongles, tortiller ses cheveux ou, le plus agaçant de tout, tambouriner ses doigts sur la table. Mais voilà que ces mains gisent là comme quelque chose de mort.

Il fait chaud ici. Je fouille dans mon sac pour trouver la carte, la lui présente d'un geste brusque en marmonnant :

— Tiens, on a fait ça pour toi.

Ma mère sourit et continue de battre des paupières; horrifiée, je crains un instant qu'elle se mette à pleurer. Si elle pleure, je vais pleurer aussi, et il n'est pas question que je sanglote à moins de trois mètres de la mère de Mattie Cohen. J'imagine déjà les Cohen assis à table pour souper, jasant et secouant la tête en parlant de la pauvre Clarissa Delaney. Pas question que je procure cette satisfaction à Mattie.

— Je vais chercher Denise, dis-je avant de quitter la pièce comme un éclair.

Lorsque je franchis la porte, Cheryl me serre affectueusement l'épaule et tente d'ébouriffer mes cheveux, mais je suis trop rapide pour elle. Je sors de là en flottant comme un aigle dans le vent, sans jeter le moindre regard derrière moi.

* * *

Ma mère ne met pas longtemps à redevenir elle-même et à mener tout le monde à la baguette. À Noël, elle est d'attaque comme si l'opération n'avait jamais eu lieu. Ce jour-là à l'hôpital me paraît si loin que, parfois, je me dis que j'ai dû l'imaginer ou, du moins, que j'ai peut-être dramatisé un peu. Mais voilà que Noël a cédé la place au jour de l'An, et ma mère prépare maintenant ses bagages en prévision de son séjour à Hopestead, à London, où elle doit commencer ses traitements dans quelques jours.

Nous nous préparons un réveillon du jour de l'An tout simple, moi, ma mère, Benji et Denise, bien sûr. La soirée n'est pas bien différente de toutes les autres, sauf que nous portons des couronnes en papier fabriquées avec les diablotins de Noël qui restaient, et qu'à minuit, ma mère verse une goutte de champagne dans nos verres de jus d'orange.

— Ma résolution pour la nouvelle année est d'envoyer promener le cancer, dit-elle.

— Santé, ajoute Denise.

# C comme Clarissa

Ma mère part aujourd'hui pour Hopestead. Elle enlève une clé de son porte-clés et me la tend, comme pour sceller un pacte de paix.

— Je te confie la clé du Bazar Coiffure. Je veux que tu t'en occupes pour moi. Garde le salon propre et aère-le de temps en temps. Vas-y, prends-la.

J'hésite. Si je prends la clé, cela signifie que j'accepte qu'elle me laisse ici avec Denise. Quand même. Ce n'est pas à Denise qu'elle la donne; celle-ci, j'en suis sûre, aimerait bien fouiner partout dans le salon et poser ses grosses mains d'homme sur tous les produits. Je prends la clé.

— D'accord, dis-je.

— Tu es gentille.

Ma mère m'embrasse sur la joue et lisse mes cheveux avant de charger son sac sur son épaule.

— Denise m'attend, et tu dois te préparer pour l'école. Je serai de retour en un rien de temps. Tu vas tellement t'amuser que tu n'auras pas le temps de t'ennuyer de moi.

C'est ce qu'on va voir.

— Je t'aime.

J'essaie de le lui dire aussi, je veux le lui dire aussi, mais les mots restent coincés dans ma gorge. Je fais un signe de tête et recule dans la maison, la gorge en feu. Ma mère me saisit fermement et m'attire contre elle. Elle me presse contre sa poitrine et me murmure à l'oreille :

— Ça ne fait rien. Tu n'as pas besoin de le dire. Je sais

que tu m'aimes aussi.

Lorsqu'elle tourne les talons, j'essuie mes yeux sur ma manche, épongeant les larmes brûlantes avant qu'elles roulent sur mes joues.

\* \* \*

J'ai beau essayer, je n'arrive pas à me concentrer. La voix de M. Campbell n'en finit plus de bourdonner, comme un moustique que j'aimerais bien écraser. Je regarde sans cesse l'horloge et me demande où sont Denise et ma mère. Sont-elles arrêtées prendre de l'essence? Sont-elles arrivées à Hopestead? Ont-elles rencontré le personnel infirmier? Une note atterrit sur mon pupitre, pliée en un petit paquet soigné. Je l'ouvre et reconnais l'écriture arrondie de Benji sur la feuille.

*Ça va? Tu as l'air nerveuse.*

Je me redresse aussitôt et fais mine d'être captivée par la leçon.

\* \* \*

Lorsque nous rentrons à la maison, tout est silencieux : ni sèche-cheveux, ni musique country, ni bavardage. Puisque Denise travaille jusqu'à 17 heures, Benji et moi seront seuls jusqu'à son retour. Le Bazar Coiffure étant fermé, c'est trop sinistre en bas, et nous nous installons dans la cuisine pour faire nos devoirs.

— Ça fait bizarre, dit Benji.

— Qu'est-ce qui fait bizarre? dis-je d'un ton brusque même si je sais exactement à quoi il fait allusion.

— La maison… elle est terriblement silencieuse.

Je hausse les épaules.

— Ça me plaît, dis-je, mais c'est faux.

J'essaie de ne pas penser à ma mère couchée sur un lit étrange dans une grande maison remplie d'autres patients cancéreux. Je me plonge plutôt dans mon devoir de maths. Jamais je n'ai été aussi contente de m'attaquer à de longues divisions.

* * *

— Puisque c'est notre premier soir, j'ai pensé te préparer quelque chose de spécial pour souper, dit Denise.

— Je croyais que tu avais horreur de cuisiner.

Denise fronce les sourcils, les mains sur les hanches.

— Je n'ai jamais dit ça. Quand ai-je dit ça? De toute façon, qu'est-ce que tu as envie de manger? Du poulet rôti? Du pain de viande? Du ragoût?

Rien de tout ça ne me tente.

— Pourquoi ne pas simplement commander une pizza?

Denise fait la moue.

— Ça n'a rien d'amusant. Choisis quelque chose de spécial.

Denise prend un livre de recettes sur le dessus du réfrigérateur et le laisse tomber lourdement sur la table devant moi. Il n'a pas servi depuis si longtemps que le dessus est couvert d'une épaisse couche de poussière. Ma mère et moi ne sommes pas du genre à manger des plats qui demandent des instructions écrites. Si un truc ne peut être bouilli, enrobé de Shake'n Bake ou sauté, ce n'est pas la peine. Je trace un grand C dans la poussière avec mon doigt. Quand j'étais petite, j'avais l'habitude de dessiner la lettre C partout : dans le gravier, dans la neige, sur la vitre de l'auto quand elle était toute couverte de givre le matin. Un grand C comme Clarissa. Maintenant, la lettre C me fait penser au cancer.

— N'importe quoi?

— N'importe quoi, promet Denise.

Je tourne les pages en papier glacé, cherchant quelque

chose sans ou avec très peu de légumes et des tonnes de fromage. Ou mieux encore, des côtes levées. J'adore les côtes levées.

— Est-ce qu'on peut manger des moules?

— Je suis allergique aux fruits de mer.

— De l'agneau?

Denise est horrifiée.

— Mais quel genre de personne se nourrit de bébés moutons? demande-t-elle.

— Des gens sophistiqués, dis-je.

— Des sans-cœur, corrige-t-elle.

— Tu manges bien des vaches et du poulet.

— C'est différent.

— Non, ça ne l'est pas. Tu as dit que je pouvais choisir n'importe quoi, dis-je d'une voix gémissante.

— Dans les limites du raisonnable, précise Denise.

— Dans ce cas, je veux ça.

J'ouvre le livre et tombe sur un mets appelé bœuf bourguignon. Les instructions s'étendent sur deux pages.

— Tu es certaine que c'est ce que tu veux?

— Certaine.

— Très bien, soupire Denise. Je dois aller chercher quelques trucs à l'épicerie.

Elle prend un crayon et commence une liste. Il y a certains ingrédients dont je n'ai jamais entendu parler.

— Est-ce que Benji peut rester à souper?

— Bien sûr, la puce. Plus on est de fous, plus on rit.

\* \* \*

Denise répète qu'elle ne veut pas que nous l'aidions et nous chasse de la cuisine. Nous allons nous asseoir par terre dans ma chambre et feuilletons les bandes dessinées de Benji et des vieux magazines provenant de la salle d'attente.

De temps en temps nous parvient un grand bang ou un fracas de vaisselle lorsque quelque chose tombe sur le sol. Denise pousse alors quelques jurons tout bas, mais nous les entendons quand même de ma chambre. Puis soudain, après tout ce vacarme, un étrange silence s'installe. Benji a l'air inquiet.

— Crois-tu qu'on devrait aller voir si elle a besoin d'aide? demande-t-il.

— Elle a dit qu'elle voulait tout faire elle-même.

— Je sais, mais ça fait une éternité qu'elle est là-dedans. Je commence à avoir faim.

— Je ne pense pas qu'elle soit encore dans la cuisine. Elle doit probablement attendre que ça cuise.

Je rampe jusqu'à l'évent et presse mon oreille contre les fentes. Effectivement, j'entends le bruit de la télé venant du sous-sol.

— Qu'est-ce que je t'avais dit? Elle regarde la télé.

— Est-ce qu'on peut au moins aller manger une bouchée?

— D'accord.

Mais la collation devra attendre, car lorsque nous entrons dans la cuisine, la cuisinière est en feu.

# Calciné

— Oh non, oh non, oh non, oh non…

— Benji, ressaisis-toi! Denise! *Denise!*

Benji attrape un torchon à vaisselle et l'agite devant les flammes qui s'échappent de part et d'autre du brûleur. Elles s'élèvent si haut que le côté de l'armoire est tout noirci.

— Tu ne fais qu'aggraver les choses!

Je l'écarte brusquement et me dirige vers l'évier, et je remplis d'eau un bol de céréales laissé là au déjeuner.

— Ôte-toi de là!

Je passe devant lui en le bousculant de nouveau; l'eau déborde et se renverse partout sur mes manches, mais je ne la sens même pas. Je ne sens rien d'autre que la chaleur du feu. Comment un si petit feu peut-il dégager autant de chaleur? Me tenant aussi près de la cuisinière que possible sans me mettre en danger, je jette l'eau sur le brûleur. Mes mains tremblent tellement que je manque la casserole et arrose le plancher. Le détecteur de fumée se déclenche et se met à hurler. Aussitôt entrée dans la cuisine, Denise se met à jurer.

— Doux Jésus! Les enfants, allez dans le salon, je m'occupe de ça.

Denise ouvre les armoires et pousse les assiettes et les tasses.

— Pour l'amour du ciel, où rangez-vous le bicarbonate de soude?

— Dans le frigo.

— Eh bien, ne reste pas plantée là, va le chercher!

Denise enfile les mitaines à four et jette notre plus grand couvercle de casserole sur le feu qui fait rage sur la cuisinière. Elle réussit ensuite à contourner les flammes et à éteindre le brûleur. Je lui tends la boîte de bicarbonate de soude que j'ai trouvée au fond du réfrigérateur. Au bout d'une minute, elle s'approche de nouveau de la cuisinière.

— Reculez, les enfants.

Elle soulève le couvercle avec précaution et verse toute la boîte de bicarbonate de soude sur le gâchis fumant qui devait être notre souper. Au moins, le feu est éteint.

Denise respire à fond.

— Est-ce qu'on devrait appeler les pompiers? dis-je.

— Non, répond Denise. Tout est sous contrôle. Mais à quoi as-tu pensé? On ne jette pas d'eau sur du gras en feu!

— Comment voulais-tu que je le sache? J'ai pensé que ma maison allait brûler et que je devais faire quelque chose!

La figure de Denise est presque aussi rouge que ses cheveux, et je devine qu'elle n'a pas fini de crier après moi. Mais elle doit soudain se rappeler qu'elle est censée être l'adulte ici, car elle pousse un profond soupir et secoue la tête.

— Très bien. Je suis désolée. Benji, commande une pizza. Clarissa, va me chercher la plus grosse bouteille de Annie Net que tu trouveras. Et si j'entends un seul mot sortir de ton adorable bouche, je jure devant Dieu que…

Mais je ne dis rien du tout. Même s'il y a des tas de choses que je voudrais dire, je les garde pour moi. Je veux vivre assez longtemps pour voir l'expression de ma mère quand elle rentrera à la maison et qu'elle constatera dans quel état sont ses armoires et sa casserole. Mais si je me montre insolente avec la femme qui a failli incendier notre maison, je signe mon arrêt de mort.

* * *

— C'est mon tour, dit Benji. Préférerais-tu être la gardienne de Michelle Tanner ou la meilleure amie de Kimmy Gibbler?

— Je déteste les questions qui portent sur *La fête à la maison*.

Benji m'adresse un grand sourire.

— Je sais.

— Même si Kimmy Gibbler est ennuyeuse, elle ne l'est pas autant que Michelle Tanner, la petite fille modèle. Donc, si je devais choisir, je serais la meilleure amie de Kimmy Gibbler. À mon tour.

Il ne faut pas que je rate ma chance cette fois.

— Préférerais-tu manger le souper de Denise ou des boyaux de mouton crus?

Benji frémit.

— Beurk, ni l'un ni l'autre.

— Tu dois répondre.

— Le souper de Denise. Il est cuit, au moins.

— Autant lécher la grille du barbecue, ça aura probablement le même goût.

Benji glousse. Nous sommes allongés sur mon lit et contemplons les étoiles luminescentes au plafond. J'ai demandé à ma mère de les coller là il y a deux ans quand on étudiait le système solaire, et elles y sont restées depuis. Avant, elles brillaient presque toute la nuit, mais maintenant elles ne luisent qu'une vingtaine de minutes avant de reprendre peu à peu la couleur blanche du plafond. Je ne me résous pas à les enlever.

— Toc toc.

Je ne comprends pas pourquoi Denise n'arrive pas à

frapper comme les gens normaux. Elle dit « toc toc » et entre avant qu'on puisse lui dire « va-t'en ».

— C'est l'heure de rentrer, Benji, annonce Denise.

Je me dresse sur mes coudes et jette un coup d'œil au cadran.

— Mais il n'est même pas 21 heures.

— Vous avez de l'école demain.

— Et alors?

— Alors, vous devez être frais et dispos demain matin.

— Mais je ne suis pas fatiguée. Je ne m'endors jamais avant 23 heures.

Je lui fais les yeux doux à la Michelle Tanner. Si ma mère était là, elle aurait renvoyé Benji chez lui plus tôt; mais Denise n'a pas besoin de savoir ça. Pendant une seconde, elle semble sur le point de céder; puis elle se ressaisit et secoue la tête.

— Pas ce soir.

— Je me sentirais plus en sécurité s'il restait, dis-je. Et s'il y avait un autre feu?

Denise plisse les yeux et croise les bras sur sa poitrine.

— Benji, Clarissa et toi, vous vous reverrez demain.

Benji saute en bas du lit, prend son sac à dos et son manteau et sourit à Denise en quittant la pièce.

— OK. Merci pour la pizza, Denise. Salut, Clarissa.

— Salut.

Une fois qu'il est parti, Denise et moi, nous nous dévisageons.

— Je vais aller regarder la télé, puis je ferai mon lit dans le salon. Si tu as besoin de quoi que ce soit, tu sais où me trouver.

Elle pivote sur ses talons, puis se retourne pour me regarder par-dessus son épaule.

— Bonne nuit, dit-elle sèchement.

— Bonne nuit.

Ça me fait tout drôle. Je ne me souviens pas de la dernière fois où ma mère et moi, nous nous sommes dit bonne nuit. Habituellement, après le souper, nous vaquons tranquillement à nos occupations, chacune de notre côté. Je me demande ce qu'elle fait à l'instant même, et si quelqu'un lui a souhaité une bonne nuit.

# Conte

Je n'arrive pas à dormir. Ça fait des heures que ça dure. J'ai beau essayer, je ne parviens pas à trouver une position confortable. Denise ronfle dans le salon. On dirait une tondeuse à gazon. Pas étonnant que je ne puisse pas dormir. Je tape dans mes oreillers pour les faire gonfler, repousse ma couette, la remets, mais rien ne fonctionne. Je décide donc de lire.

Je ne suis pas une grande lectrice. J'aime bien lire; seulement, je ne passe pas mes jours et mes nuits le nez dans un livre comme certains. Mes livres préférés sont ceux du magicien d'Oz. J'ai lu les 14 tomes de la collection, quelques-uns plus d'une fois, comme *Ozma, la princesse d'Oz*, que j'aime peut-être encore plus que *Le magicien d'Oz*.

Tous les livres du magicien d'Oz me viennent de ma mère, qui les avait quand elle était enfant. Ils ont de délicates couvertures en papier avec des illustrations à l'ancienne représentant une fille aux boucles blondes vêtue d'une robe courte. Elle ne ressemble pas du tout à la Dorothée du film. Apparemment, quand ma mère avait mon âge, elle adorait également *Le magicien d'Oz*. C'est difficile de l'imaginer lisant autre chose qu'un magazine, encore moins un livre aussi magique que *Le magicien d'Oz*. Elle n'est pas vraiment du genre fantaisiste, mais elle m'a lu le premier livre de la collection et, depuis, je ne peux plus m'en passer. J'ai lu les autres moi-même, mais je me souviens à quel point c'était excitant quand elle entrait dans ma chambre avant que je m'endorme et qu'elle me lisait un chapitre chaque soir.

Maintenant, je les relis tous. Ils sont aussi bons que dans mes souvenirs. Je lis jusqu'à ce que mes yeux soient si lourds que je n'ai plus d'autre choix que de m'endormir. Il semble que ce soit la seule chose qui marche.

\* \* \*

— Je t'ai acheté des trucs pour tes repas du midi, annonce Denise.

J'examine le contenu des sacs d'épicerie et trouve un gros pot de beurre d'arachide.

— Je ne peux pas manger ça, dis-je en le remettant dans le sac.

— Depuis quand es-tu aussi difficile? demande Denise.

— Je ne peux pas apporter de beurre d'arachide. Je n'ai pas le droit.

— Pas le droit?

— À cause des allergies.

— C'est une blague ou quoi?

— Désolée.

— Quand j'allais à l'école, personne n'était allergique aux arachides.

Je laisse échapper un petit rire méprisant.

— Est-ce que le beurre d'arachide existait dans ce temps-là?

— Tu veux faire de l'esprit, c'est ça? Eh bien, tu te contenteras de pain et d'eau.

Logique. C'est ce qu'on sert aux criminels en prison, non?

# Couteau

La première fois que j'aperçois le pamphlet, je n'en fait pas grand cas. Il s'agit seulement de quelques élèves qui rient, rassemblés autour d'un morceau de papier. Puis je vois d'autres élèves dans les couloirs avec le même pamphlet orange et, à l'heure du dîner, il semble que tout le monde en a un. Tout le monde, sauf Benji et moi. Je n'aime pas être tenue à l'écart d'une plaisanterie, surtout quand elle s'est déjà répandue dans toute l'école, et je me dirige vers Mattie d'un pas décidé pour lui demander un pamphlet. Elle évite mon regard.

— Un pamphlet? demande-t-elle doucement.

— Oui, la feuille orange que tu as fourrée dans ta poche. Je peux voir?

— Pourquoi?

— Parce que j'ai perdu la mienne, dis-je, bien que ce soit faux.

— Tu ne veux pas voir ça, dit Mattie.

— Oh, laisse tomber.

Je m'éloigne d'un pas lourd pour trouver un autre pamphlet, mais ils se font tellement rares que c'en est exaspérant. Puis les choses changent lorsque la sonnerie retentit. Nous rentrons et découvrons le casier de Benji placardé de feuilles orange. J'en arrache une pour l'examiner de plus près. Quelqu'un a photocopié la définition du mot homosexuel et a collé la photo scolaire de Benji en dessous.

J'essaie de tenir Benji à l'écart pour qu'il ne les voie

pas, mais il y en a beaucoup trop. Quiconque a fait cela (et j'ai une assez bonne idée de qui il s'agit) a utilisé du ruban adhésif d'emballage, et c'est extrêmement difficile de décoller les pamphlets. Un groupe d'élèves nous montrent du doigt : moi qui laboure le casier avec mes ongles et Benji qui fixe la scène, blanc comme un drap.

— Qu'est-ce que vous regardez? dis-je d'une voix forte.

Ils n'ont même pas l'air coupable. Je déteste les gens parfois.

Puis Michael Greenblat surgit à côté de moi et me passe un mini-couteau suisse.

— Tiens, prends ça.

Il paraît nerveux, peut-être parce qu'il ne veut pas être vu en train de nous aider. Ou peut-être qu'il sait que les canifs sont interdits à l'école et qu'il a peur de se faire pincer. Je m'empare du couteau et coupe net le ruban adhésif.

— Merci.

Mais lorsque je me retourne pour le lui rendre, Michael s'apprête à filer en douce.

— Garde-le, marmonne-t-il. J'en ai un autre.

Qu'est-ce que je suis censée faire d'un couteau? Je le mets dans ma poche en espérant que je ne me ferai pas prendre.

La deuxième sonnerie retentit, et je me hâte d'aller jeter les pamphlets dans la poubelle, non sans en avoir d'abord plié un et l'avoir glissé dans ma reliure. Benji a l'air dégoûté.

— Il faut en garder un comme preuve, dis-je.

Il n'a pas l'air convaincu.

— Je ne me sens pas bien, bredouille-t-il.

Je ne sais pas quoi dire. Je ne trouve pas les mots pour l'aider à ne pas penser à Terry, aux pamphlets orange et à tout le reste. Je me contente de marcher avec lui jusqu'à notre classe, gardant la tête haute et défiant qui que ce soit de faire un seul commentaire.

\* \* \*

Benji rentre directement chez lui après l'école, prétextant un mal de cœur. Je téléphone chez lui à quelques reprises, mais personne ne répond. Denise rentrera plus tard, non pas que j'aie l'intention de lui raconter ce qui s'est passé. Elle dramatiserait probablement et appellerait la police, bien que ce ne soit pas une si mauvaise idée. Je ne peux pas en parler à ma mère puisqu'elle croit que je suis déjà allée informer l'enseignant de cette situation. Elle serait folle de rage si elle découvrait que j'ai menti. Quant à M. Campbell, c'est hors de question, et aucun des élèves de l'école n'a assez de cœur pour faire quoi que ce soit non plus. Ils ne laissent pas une chance à Benji.

Je décide donc d'écrire une autre lettre à Mme Donner, la directrice. Cette fois, je lui dis que M. Campbell n'est pas « la tête à Papineau » et qu'il n'a pas connaissance de certaines choses qui se déroulent sous ses propres yeux. Au moins, c'est à moitié vrai. Une fois que la lettre est imprimée et signée, je commence à me sentir un peu mieux.

Je retire le couteau suisse de ma poche et le cache au fond de mon tiroir de chaussettes, à côté de la géode que Michael m'a offerte. Je songe à lui téléphoner, mais je ne sais pas ce que je lui dirais. Pourquoi m'as-tu aidée cet après-midi? Merci pour la roche et le couteau? Non, je ne peux pas l'appeler. Ce serait trop bizarre. De toute façon, je ne connais même pas son numéro. Je ne comprends pas les garçons. N'empêche que c'est agréable de recevoir des cadeaux, même si ce sont des roches et des couteaux.

\* \* \*

Pour une raison quelconque, Denise pense que c'est

important que nous mangions ensemble tous les soirs. Elle ne commet pas l'erreur de tenter sa chance une deuxième fois à la cuisine, et s'en tient à des choses qu'elle connaît : des pâtes, des plats à emporter et des repas surgelés. Elle se verse un verre de vin et me permet de prendre une canette de racinette, même si ma mère la tuerait si elle l'apprenait. Denise respecte certaines règles à la lettre, mais en transgresse d'autres sans sourciller.

— On ne mange presque jamais dans la cuisine, dis-je. Tu le sais. Tu es venue assez souvent.

— J'ai pensé que ce serait plaisant, explique Denise. Alors, est-ce qu'il y a des garçons à ton goût dans ta classe ou si tu as jeté ton dévolu sur un plus vieux? Quelqu'un du secondaire, peut-être? Et ce gars avec la roche... quel est son nom déjà?

— Il s'appelle Michael, et c'est une géode, et non, je ne l'aime pas.

— C'est bon, c'est bon. Je voulais seulement faire un peu la conversation.

Nous retournons à notre pâté au poulet surgelé diète et restons silencieuses pendant un moment.

— Tu sais, quand ta mère était jeune, il y avait aussi des garçons qui tombaient fous amoureux d'elle. Et tout comme toi, elle ne leur adressait pas la parole. La preuve que la pomme ne tombe jamais bien loin du pommier.

Je lève les yeux, mais Denise engouffre son dîner comme si elle n'avait pas mangé depuis une semaine.

— C'est vrai?

Denise acquiesce d'un signe de tête.

— Tu parles. J'étais malade de jalousie. J'aurais donné n'importe quoi pour que l'un de ces garçons m'accorde un seul regard. Parfois, c'était difficile d'être la meilleure amie d'Annie Delaney.

Je ne sais pas pourquoi Denise me raconte tout ça. Ça me met mal à l'aise. Mais quelque part au fond de moi, je comprends exactement ce qu'elle ressent; car je trouve aussi par moments que c'est difficile d'être la fille d'Annie Delaney. Mais jamais je ne lui dirais ça.

\* \* \*

Tous les soirs vers 20 heures, j'ai mal à l'estomac. Rien de grave, juste un peu d'inconfort, comme lorsqu'on a mangé trop de crème glacée ou qu'on a un examen important à l'école. J'ai mal jusqu'à ce que le téléphone sonne et que j'entende la voix de ma mère; ensuite, tout redevient normal. Nous avons toujours la même conversation.

— Bonsoir, ma chouette. Comment c'était à l'école?

— Bien.

— Il s'est passé quelque chose d'amusant?

— Pas vraiment.

— Comment va Benji?

— Bien.

Je mens avec une facilité déconcertante.

— Tu es gentille avec Denise?

Si je suis gentille avec Denise? Comme si j'étais une gamine et que Denise était ma gardienne.

— Oui.

C'est le moment où je suis censée lui demander comment elle va, mais j'en suis incapable. Si j'étais une meilleure personne, peut-être que j'y arriverais, mais la vérité, c'est que je ne veux pas le savoir. Si je m'informe de son état et qu'elle me répond que ça ne va pas, je devrai alors songer que peut-être elle n'ira pas mieux. Ou que si elle guérissait cette fois, le cancer pourrait toujours revenir.

— Bien. Je suis contente que vous vous entendiez bien

toutes les deux.

Ce n'est pas exactement ce que j'ai dit, mais je ne la corrige pas. Je ne veux pas qu'elle ait à se préoccuper de quoi que ce soit d'autre que de guérir. Ce qu'elle ne sait pas ne peut pas lui faire de mal. Elle me raconte des anecdotes amusantes sur les gens avec qui elle vit, et ils me paraissent tous tellement normaux que j'en oublie qu'elle reçoit des traitements contre le cancer. J'imagine qu'elle assiste à un important congrès de coiffure, découvrant de nouveaux produits et échangeant des techniques secrètes.

— Bon, passe le téléphone à Denise et retourne à tes devoirs.

— OK. Bye!

— Bye, ma chouette! Tu me manques.

— Tu me manques aussi.

Et ça, c'est la vérité.

# Crampes

Le désastre survient pendant le cours d'histoire.

— Monsieur Campbell, est-ce que je peux avoir un billet pour aller aux toilettes s'il vous plaît?

C'est à peine s'il lève les yeux de l'acétate sur l'ancienne Égypte.

— Tu viens juste d'aller dîner, Clarissa.

— Oui.

— C'est préférable d'aller aux toilettes à l'heure du dîner et à la récréation.

— Je sais.

— Si tu y vas maintenant, tu vas rater le merveilleux secret du tombeau de Toutankhamon.

— C'est dans le manuel, non?

M. Campbell lève les bras au ciel.

— Clarissa, Clarissa! Où est ton sens de l'aventure? Bien sûr que c'est dans le manuel, mais je vais vous le révéler petit à petit, à la manière d'une énigme. Les Égyptiens raffolaient des énigmes.

Je me fiche des énigmes. Elles ont perdu tout attrait à cause des professeurs qui les utilisent pour enseigner, les rendant ainsi d'une banalité sans nom.

— Il faut vraiment que j'y aille, dis-je avec insistance.

M. Campbell soupire et désigne le billet qui pend à un clou près de la porte.

— Loin de moi l'idée de vouloir contrarier la nature, dit-il.

Je me lève et me dirige vers la porte d'un pas nonchalant, comme s'il n'y avait rien d'anormal. Je prends même le temps de refermer la porte doucement derrière moi, ce que je ne fais même pas chez moi. Dès que je suis hors de vue, je marche aussi vite que je le peux sans avoir l'air ridicule vers les toilettes des filles.

Là, dans la cabine, mes pires craintes se confirment. Je ne rêvais pas tout à l'heure, en classe. Il y a une tache dans ma culotte. Une tache brun rouge. Au début, je ne suis pas sûre de ce que c'est. Je croyais que ce serait plus rouge. Comment est-ce possible? Je suis plate comme une galette et pourtant, me voilà avec une tache sombre qui me fixe du fond de ma petite culotte. Les filles sont censées se développer d'abord et *ensuite* avoir leurs règles. C'est ce que disait la vidéo dans le cours d'éducation à la santé. Tout marche à l'envers.

Je vérifie mon jean et, alléluia, il n'est pas taché; ça n'a pas traversé mes sous-vêtements. Je fais une boule avec du papier hygiénique et commence à éponger la tache. Puis je me souviens de la fois où Denise a renversé du vin rouge sur la plus belle (enfin, la seule) nappe de ma mère; celle-ci lui avait dit de ne pas frotter la tache pour que le liquide ne pénètre pas davantage dans le tissu, sinon elle ne réussirait jamais à la faire partir. Et si le sang était comme le vin, et que j'étais en train d'abîmer ma culotte pour de bon? De toute manière, ça n'a pas d'importance. Dès que je rentrerai chez moi, je la jetterai et jamais personne ne la verra. Si je finis par sortir des toilettes, bien sûr.

Depuis combien de temps suis-je assise ici? Deux minutes? Dix? Tôt ou tard, M. Campbell va remarquer que je ne suis pas revenue. Il va envoyer quelqu'un voir ce que je fabrique. Que se passera-t-il alors? Je pourrais dire que je suis malade, que j'avais du jambon périmé dans mon sandwich et que je vomis partout. Je pourrais dire que c'est la faute de Denise, qui n'a pas l'habitude de préparer des dîners, et qu'elle a dû oublier de vérifier la date de péremption avant de mettre une tonne de jambon dans mon sandwich. M. Campbell n'aurait qu'à venir jeter un coup d'œil dans notre frigo et il me croirait sur-le-champ.

Mais même si je finis par retourner en classe, comment voulez-vous que je fasse comme si de rien n'était? Je me sens comme une fillette de maternelle qui a mouillé sa culotte, sauf que la situation est encore pire. Quand on est petit, ça ne dérange personne qu'on mouille sa culotte. Tous les enfants ont des accidents de temps à autre, ils ont même des culottes de rechange avec eux. Et quand ils ont un accident, le lendemain tout le monde a oublié. Mais cette fois, c'est différent. Je suis censée être préparée pour ça. Les élèves de 7$^e$ année sont impitoyables. Et ils ont la mémoire longue. Ça me resterait à jamais.

Un autre problème consiste à prévenir l'apparition d'autres taches. Il y a un distributeur accroché au mur des toilettes, mais comment suis-je censée m'y rendre alors que j'ai les sous-vêtements aux genoux? Ceux qui s'occupent de l'aménagement des toilettes devraient installer un distributeur à l'intérieur de chaque cabine. Je déteste les stupides toilettes de cette stupide école. Je déteste être une fille. Ce n'est pas juste. Les garçons n'ont rien, eux.

Bon, voilà que je commence vraiment à me sentir mal. Mon dîner bouillonne dans mon estomac, et je reconnais ce goût aigre dans ma bouche qui annonce généralement que je vais vomir. J'ai une boule dans la gorge et de plus en plus de difficulté à avaler, mais je ne vais pas pleurer.

La porte s'ouvre au même instant, et je vois apparaître

une paire de chaussures noires chics ornées de lanières et de boucles en forme de coccinelle. Pas besoin d'être la championne de À *qui les souliers?* pour deviner qui c'est. Je ne connais qu'une personne qui porterait des souliers aussi ridicules.

— Clarissa? dit Mattie.

Je résiste à l'envie de poser mes pieds sur le siège de toilette. Ça m'avancerait à quoi? Elle sait déjà que je suis là. Ce sont les seules toilettes pour filles au deuxième étage, et elle a dû voir mes pieds quand elle est entrée.

— Clarissa, est-ce que ça va?

Mattie Cohen est bien la dernière personne à qui j'ai envie de parler. Elle s'est probablement portée volontaire pour venir voir ce que je faisais. Une vraie lèche-bottes. J'imagine que c'est l'univers qui me punit d'avoir été une mauvaise fille pour ma mère.

— Clarissa?

Elle frappe à la porte de la cabine.

— Je sais que tu es là. Es-tu malade?

— Non. Enfin, si on veut.

Je vois Mattie reculer d'un grand pas.

— As-tu vomi?

— Non.

Il y a un long silence. Je commence à espérer qu'elle soit partie, mais ses pieds réapparaissent devant la cabine.

— Est-ce que… As-tu besoin, euh… de quelque chose dans le distributeur?

Voilà ma chance. Je peux rester ici jusqu'à la fin des cours et espérer que personne d'autre ne viendra à ma recherche, ce qui est peu probable, ou demander à Mattie Cohen de me donner une serviette hygiénique. Je sais quelle est la bonne décision à prendre, mais ce n'est pas plus facile pour autant. Mattie est incapable de garder un secret. Dans dix minutes, toute la classe saura que Clarissa Delaney a ses menstruations. Mais est-ce que j'ai le choix?

— Oui.

Voilà. Je l'ai dit. Je suis cuite.

— Je vais t'en donner une! Ma mère m'a donné une pièce de 25 cents pour ce genre de situation d'urgence, mais je n'ai jamais eu à l'utiliser. Je n'ai pas encore eu les miennes. Tu es tellement chanceuse, Clarissa.

Je ne trouve pas. Je me sens lourde. Et j'ai de plus en plus mal au ventre. Peut-être que ce sont mes premières crampes. De l'autre côté de la cabine, Mattie s'agenouille et me tend une serviette dans un emballage rose pâle.

— Comment c'est? demande-t-elle.

— Mouillé.

— Pouah, c'est dégoûtant.

— Bien sûr que c'est dégoûtant. C'est du sang.

La serviette est immense, comme si quelqu'un avait coupé une grosse bande au milieu d'une couche. Je me lève. J'ai même l'impression de porter une couche. Est-ce que les gens s'en apercevront? Tant pis. J'ai le choix entre tacher mes vêtements ou porter la couche (ou pire encore, un tampon, et ça, je ne veux même pas y penser). Je tire la chasse et sors de la cabine, heurtant presque Mattie en pleine figure avec la porte.

— Sapristi, es-tu obligée de te tenir si près?

Mattie recule d'un bond et m'examine de la tête aux pieds, comme si elle cherchait une preuve.

— Te sens-tu différente?

— Pas vraiment. J'ai un peu mal au ventre.

Mattie hoche la tête.

— Ce sont des crampes. Ma mère dit que la meilleure

chose à faire est de garder le lit avec une bouillotte et d'éviter le sucre.

Je suis presque certaine que nous n'avons pas de bouillotte. Je pourrai peut-être convaincre ma mère d'en acheter une. Puis la réalité me rattrape subitement, et j'ai l'impression de recevoir un coup direct dans l'estomac. Ma mère n'est pas chez nous. Je vais devoir le dire à Denise. Elle va probablement pleurer et insister pour me maquiller afin de célébrer ma venue dans le monde des femmes. Au secours! Si seulement il y avait un moyen de lui cacher ce qui m'arrive. Mais il va bien falloir que quelqu'un aille à la pharmacie m'acheter tout ce qu'il me faut, et je ne crois pas pouvoir supporter davantage d'humiliation pour aujourd'hui.

— Ma mère m'a offert un livre où l'on disait qu'une fois qu'on a nos règles, on n'est plus une fille, mais une vraie femme, comme une chenille qui devient papillon.

— C'est la chose la plus stupide que j'aie jamais entendue, les papillons n'ont pas de menstruations!

Mattie a l'air déçue.

— Tu ne te sens pas différente du tout?

— Non.

Ce n'est pas tout à fait vrai. Je ne me sens pas différente, mais je sais qu'à partir de maintenant les choses ne seront plus comme avant. Je me demande quel âge avait ma mère quand elle a eu ses règles, et si elle avait des crampes. Je me demande combien de temps durent ses menstruations, et si je dois m'attendre à la même chose. Quelle marque de serviettes utilise-t-elle? Il y a beaucoup de questions que j'aimerais lui poser, mais elle doit subir d'autres traitements de chimio cet après-midi. Ça devra attendre. Je me lave les mains avec plus de savon que d'habitude, deux fois plutôt qu'une. Mattie me fixe dans le miroir.

— Est-ce que les crampes sont très douloureuses?

— Oui.

Ce n'est pas vrai.

— Peut-être que tu pourrais rentrer chez toi. Je vais t'accompagner au bureau de l'infirmière.

— D'accord.

Ma voix tremble dangereusement. De nouveau, les larmes me montent aux yeux. Je veux seulement rentrer à la maison, loin de tout le monde et de tout le reste. Je ne me sens pas femme du tout. Je me sens comme un bébé. Qu'est-ce qui ne va pas chez moi? Je tire sur mon tee-shirt autant que je le peux et me regarde dans le miroir en fronçant les sourcils.

— Ne te fais pas de souci, dit Mattie. Ça ne se voit pas du tout.

Je ne sais pas comment elle fait, mais Mattie est vraiment douée pour lire dans les pensées des autres.

— Même quand je marche?

Je me dirige vers la porte, convaincue de marcher comme un cowboy dans une bande dessinée, les jambes arquées. Mais Mattie secoue la tête.

— Non, tu es comme la Clarissa de tous les jours.

— Bien.

Mattie entre dans le bureau de l'infirmière d'un pas décidé et annonce que je ne me sens pas bien et que je dois rentrer chez moi. Je ne dis rien et la laisse parler. Lorsque l'infirmière me demande quels sont mes symptômes, Mattie prend la parole et déclare sans broncher :

— Je l'ai trouvée en train de vomir dans les toilettes.

L'infirmière me fait allonger sur un petit lit avec une débarbouillette sur les yeux. Elle envoie Mattie chercher mes affaires tandis qu'elle appelle à la maison.

— Je vais téléphoner à ta mère et lui dire de venir te chercher.

— Ma mère est à London.

Et parce que je me sens particulièrement méchante, je précise :

— Elle demeure au manoir Hopestead où elle se remet d'un traitement contre le cancer. Vous devez avertir Denise Renzetti.

Il y d'abord un silence suivi d'un bruissement de papiers, et je sais que l'infirmière consulte mon dossier. Comment peut-elle ne pas être au courant de ma situation? Tout le reste du monde semble l'être. L'infirmière s'éclaircit la voix, et je devine qu'elle est mal à l'aise d'avoir mentionné ma mère. Avec raison! Je me demande si elle pourrait être congédiée pour avoir commis une erreur aussi grave.

— Ah, voilà. Denise Renzetti.

J'ai réellement mal au ventre maintenant, et la douleur irradie jusqu'au bas de mon dos. Je ne peux plus retenir mes larmes. Elles s'échappent silencieusement de sous mes cils et vont se perdre dans la débarbouillette qui me couvre les yeux. Bénie soit cette débarbouillette. On dirait que l'univers ou je ne sais trop qui s'est enfin décidé à me prendre en pitié. Il était temps.

* * *

Dans la voiture, je ne dis rien à Denise et elle ne me pose pas de questions. J'ai entendu l'infirmière lui dire qu'il y avait plusieurs cas de grippe et que je semblais l'avoir attrapée. Tu parles d'une infirmière. Elle n'a même pas pris ma température. Je pourrais avoir quelque chose de très grave, mais elle a cru Mattie sur parole. C'est bien la preuve qu'on laisse tout passer aux saintes-nitouches et aux petits chouchous des enseignants comme Mattie Cohen.

Denise a gobé tout ce qu'on lui a raconté.

— Je suis désolée de ne pas pouvoir rester avec toi, Clarissa, mais je rencontre une cliente très importante à 14 heures. Veux-tu que je te rapporte quelque chose de l'épicerie? Du soda au gingembre? De la soupe poulet et nouilles?

Je hausse les épaules et regarde par la vitre tous ces gens qui vaquent à leurs occupations. Je suis toujours étonnée de voir combien il y a de gens dans les rues, des gens qui ne sont ni au travail ni à l'école, et pas seulement des mères et des bébés. Des adolescents, des adultes, toutes sortes de gens. Je me demande combien d'entre eux sèchent les cours aujourd'hui, comme moi, et combien ont leurs règles.

Denise soupire, et je vois bien qu'elle fait de gros efforts pour se montrer compréhensive, même si elle déteste ça quand je fais la baboune. Pour dire vrai, je ne pense pas pouvoir me résoudre à lui demander ce dont j'ai besoin. Je jetterai d'abord un coup d'œil dans l'armoire sous le lavabo. Denise tourne dans l'allée.

— Je prendrais bien du soda au gingembre, dis-je à voix basse.

— Va pour le soda au gingembre. On se revoit dans quelques heures.

* * *

Tout est silencieux dans la maison. On n'entend que le ronronnement du réfrigérateur et, de temps à autre, le sifflement de l'air chaud expulsé par les évents. Je trouve ça réconfortant. La première chose que je fais est de dénicher un sac de croustilles et deux barres de céréales à saveur de chocolat et guimauve. J'allume ensuite la radio et monte le volume de façon à l'entendre de la salle de bains, où je me

C COMME CATASTROPHE

fais couler un bain aussi chaud que je peux le supporter. J'y verse une double dose de bain moussant et, bientôt, les bulles sont si denses et mousseuses que je ne vois plus l'eau. On dirait une épaisse couche de glaçage à la vanille sur un gâteau d'anniversaire.

J'enlève mes vêtements et les jette dans le panier à linge, sauf la petite culotte tachée. Je l'enveloppe dans le sac de croustilles vide et la pousse bien au fond de la poubelle où je suis certaine que jamais personne ne la trouvera. Voilà, ni vu ni connu. Je me glisse ensuite sous les bulles et laisse opérer la magie nettoyante et tonifiante de ce bain moussant. Le type à la radio donne 10 000 $ à la prochaine personne qui appelle, et je songe à ce que je ferais avec cet argent. Un voyage, peut-être. Avec ma mère, Benji, et peut-être Denise, si je me sens extrêmement généreuse. Nous pourrions aller à Disneyland.

Après mon bain, j'ai chaud et envie de dormir. Il n'est que trois heures de l'après-midi. L'école est terminée et Denise rentrera bientôt avec mon soda au gingembre. Tout ce que je veux faire, c'est m'enfouir sous mes couvertures et dormir durant les cinq à sept prochains jours. Je dois d'abord m'assurer que plus jamais un incident comme celui d'aujourd'hui ne se reproduira. Comme je m'y attendais, je trouve toute une provision de serviettes dans l'armoire sous le lavabo. Avec des ailes, sans ailes, longues, contour, protège-dessous. Qui aurait cru qu'il en existait autant de formats? Mon pouls s'accélère à l'idée qu'une fuite se produise, et j'opte pour une extralongue avec ailes. Mieux vaut plus que moins. Elle ne me paraît pas aussi épaisse que celle du distributeur, mais je la sens quand même. Je me demande si je finirai par m'y habituer.

Le téléphone sonne une fois que je suis au lit. C'est Benji, j'en suis sûre. J'ai toujours deviné ce genre de choses, comme ces gens à la télé qui affirment qu'ils savaient qu'un appel annonçait une mauvaise nouvelle avant même de décrocher. Il doit s'agir d'une sorte de perception extrasensorielle… Non pas que je croie à ce genre de balivernes, mais il n'y a aucune autre façon de l'expliquer. Je suppose que certaines personnes sont plus connectées que d'autres.

Je laisse le téléphone sonner quatre fois, cinq fois, jusqu'à ce que je n'arrive plus à compter. Je n'ai pas envie de lui parler. Je n'ai pas envie de lui raconter l'épisode des toilettes avec Mattie, ni rien de tout ça. Il ne comprendrait pas. C'est un garçon, comment pourrait-il comprendre? Le pire dans cette situation difficile, c'est de ne pas pouvoir me confier à Benji. Avant, je pouvais tout lui dire et il comprenait. Je n'aurais jamais cru qu'un jour viendrait où je ne pourrais pas me confier à lui. Surtout au sujet d'un événement aussi important. Voilà une chose que nous ne pourrons jamais partager. Rien que d'y penser, j'ai encore plus mal au ventre.

Le bip du répondeur retentit, mais celui ou celle qui est au bout du fil ne laisse pas de message. C'est la preuve que c'était Benji, car il déteste laisser des messages.

# Cafouillage

— Clarissa? C'est pour toi.

J'ai dû m'endormir, car Denise est dans l'embrasure de la porte et me tend le téléphone. Je cligne des yeux et me redresse d'un bond. Mon mal de ventre me rappelle ce que je fais ici, à la maison, à dormir au beau milieu de l'après-midi, bien qu'il fasse plutôt noir dehors maintenant. Mon réveil indique 18 h 10. Je ne peux pas croire que j'ai dormi aussi longtemps. Les crampes sont assez horribles. Le sac de croustilles et les deux barres de céréales que j'ai mangés plus tôt n'ont peut-être pas aidé mon mal de ventre. Je me frotte les yeux et secoue la tête pour me réveiller un peu.

— Allô?

— Salut, Clarissa, c'est Mattie.

Je suis bien éveillée maintenant. Je m'attendais à entendre la voix de Benji.

— Oh. Mattie. Salut.

— Comment te sens-tu?

Mattie parle si fort que je suis certaine que Denise peut l'entendre sur le seuil de la porte, d'où elle m'observe en fronçant les sourcils comme si elle se demandait ce qu'elle devrait faire d'une enfant malade. Je me détourne vers la fenêtre.

— Pas si mal, dis-je à voix basse. J'ai un peu mal à la tête.

— Est-ce que les crampes sont douloureuses? demande-t-elle, hurlant presque dans le téléphone.

Mattie ne comprend pas vite. J'ai peur de regarder Denise

153

au cas où elle aurait entendu.

— Ça va. Comme je disais, c'est à la tête que j'ai mal. Tous les bruits sont si forts.

Mattie paraît sceptique.

— Je n'ai jamais entendu parler de ce symptôme-là avant.

— Tu ne le sais quand même pas mieux que moi, n'est-ce pas?

Les mots sont sortis avant que j'aie pu les retenir.

— Ce que je veux dire, c'est que ce n'est pas toi qui as… enfin, tu sais. Mais tu le sauras, un jour. Désolée.

— Ce n'est rien, dit Mattie. Les sautes d'humeur sont très fréquentes au cours de la période menstruelle.

— Ah! Bon.

Je serre les dents pour ne rien dire que je pourrais regretter.

— As-tu des questions au sujet des devoirs? demande Mattie avec entrain.

— Quels devoirs?

— Benji a dit qu'il allait te les apporter, explique Mattie.

Elle a repris son petit ton autoritaire, celui qu'elle adopte quand quelqu'un n'a pas été à la hauteur du standard Mattie Cohen. J'éprouve aussitôt le besoin de défendre Benji.

— J'ai dormi tout l'après-midi, alors peut-être qu'il est bel et bien venu et que je n'ai pas entendu la sonnette.

— Oh. Eh bien, si tu as des questions ou s'il ne te les a pas apportés à 20 heures, appelle-moi et je te les expliquerai.

— OK. Merci.

J'essaie de paraître enthousiaste, même s'il est hors de question que je l'appelle pour faire des devoirs avec elle au téléphone.

— Oh, ne me remercie pas, c'est la moindre des choses, dit Mattie.

Elle semble très contente d'elle-même.

— Maintenant, tu devrais retourner te coucher! Est-ce que tu as essayé la bouillotte?

Sapristi! Un vrai gendarme, cette Mattie.

— Oui, dis-je même s'il n'en est rien. C'est super!

Je peux presque l'entendre rayonner au bout du fil.

— Je te l'avais dit! À demain, Clarissa.

— Salut, Mattie.

Lorsque je raccroche et que je roule sur le lit, Denise est toujours dans l'embrasure de la porte. Sauf qu'elle tient maintenant dans ses mains la boîte ouverte de serviettes hygiéniques extralongues avec ailes. J'ai dû la laisser par terre dans la salle de bains. Je sens mes joues s'enflammer et descends plus loin sous les couvertures. Peut-être que si je fais semblant d'être malade elle s'en ira. Pas de chance.

— C'est pour ça que tu es rentrée plus tôt de l'école aujourd'hui? demande-t-elle en agitant la boîte de serviettes.

Je hoche la tête, me réfugiant encore plus loin sous les couvertures.

— Et j'ai mal au ventre.

— Pourquoi tu ne m'as…

Mais Denise s'interrompt au milieu de sa phrase. Je sais ce qu'elle s'apprêtait à me demander : « Pourquoi tu ne m'as pas dit la vérité? » Et ma réponse, c'est que ce n'est pas à elle que j'ai envie de parler. Ce n'est pas elle qui devrait être là en ce moment. Je baisse les yeux et tire sur les peluches de mon couvre-lit. Quand j'étais petite, je trouvais qu'elles ressemblaient à de grosses chenilles roses. Ça me paraît si loin. Denise laisse échapper un profond soupir et s'assoit au bout de mon lit.

— Mon Dieu, ce que j'aimerais que ta mère soit là, dit-elle.

— Moi aussi.

Denise me regarde comme si elle avait envie de me serrer dans ses bras, mais nous n'avons jamais été du genre à nous étreindre, Denise et moi. Elle pousse plutôt un de ses fameux soupirs exprimant toute la lassitude du monde et fixe la boîte de serviettes dans ses mains.

— As-tu des questions? marmonne-t-elle.

Je n'arrive pas à le croire. Pour une fois dans sa vie, elle ne sait pas quoi dire. Je me dis que c'est un miracle, et je regrette que Benji ne soit pas ici pour voir ça. Puis je me souviens que tout est différent maintenant. Par où devrais-je commencer pour lui raconter toute l'histoire? C'est probablement mieux qu'il ne sache rien. Il est plutôt sensible.

— Nous avons parlé de tout ça en éducation à la santé.

Ce qui est vrai en partie. L'année dernière, ils ont envoyé toutes les filles dans le local des arts pour regarder des vidéos et dessiner des schémas de certaines parties du corps incroyablement embarrassantes. Dans aucune vidéo on n'expliquait ce qu'était une crampe, ni que le sang peut être plus brun que rouge et que, parfois, ce n'est pas juste au ventre qu'on a mal, mais partout.

— Tu sais, quand j'avais ton âge, je n'avais pas de cours de sexualité ou de santé féminine ou je ne sais trop comment les écoles appellent ça de nos jours. Ils se contentaient de nous faire asseoir et de nous dire qu'on tomberait enceinte si on embrassait un garçon avec la langue.

Je suis à peu près certaine que ce n'est pas de cette façon que ma mère amènerait une discussion au sujet de la sexualité. Denise semble penser comme moi, car elle n'arrête pas de faire tourner sa bague autour de son doigt et d'agiter son pied.

— Je suis sûre que ta mère t'expliquerait ça mieux que moi.

Puis soudainement, Denise sort de son état avancé d'agitation, les yeux brillants.

— Hé, pourquoi on ne le lui demanderait pas?

Je m'assois.

— Tu veux qu'on l'appelle?

Denise se lève d'un bond et commence à arpenter la pièce; un grand sourire chevalin se dessine sur son visage.

— Mieux que ça. As-tu des examens demain? Quelque chose d'important?

— Non.

— Te crois-tu assez en forme pour faire une petite balade?

Mon cœur chavire.

— Tu veux dire que je manquerais l'école?

— Ce n'est pas une journée qui fera une grosse différence. Dieu sait que j'en ai manqué, des cours, et j'ai quand même bien tourné.

J'ouvre la bouche pour protester, mais Denise lève la main et m'arrête.

— Essaie de te retenir, Clarissa. Je sais que c'est difficile. Mais avoue que c'est un geste de gentillesse envers toi.

— Ça fait un peu ton affaire aussi, dis-je.

— Oui, mais c'est quand même un geste incroyablement attentionné. Alors, prépare ton sac, la puce. Nous allons rendre visite à ta maman!

# Cheveux

Une demi-heure plus tard, mes bagages sont faits et je suis assise sur le siège avant de la voiture de Denise, serrant mon oreiller contre moi, le sourire jusqu'aux oreilles. Denise court partout dans la maison, faisant des appels de dernière minute et cherchant sa brosse à dents. Je suis si excitée que c'est un supplice d'attendre dans l'auto. Ce n'est pourtant pas si difficile de trouver une brosse à dents. J'appuie sur le klaxon. Enfin, les lumières de la maison s'éteignent et Denise descend les marches en courant, tout essoufflée, son manteau détaché flottant derrière elle.

Elle ouvre la portière arrière et lance ses bagages sur la banquette.

— J'arrive, Clarissa. Une minute!

Elle se glisse sur le siège du conducteur.

— Tiens, prends mon sac à main, dit-elle entre deux halètements.

— Tu devrais vraiment arrêter de fumer.

— Ne… me… cherche… pas, siffle-t-elle, mais elle sourit comme si rien ne pouvait la mettre de mauvaise humeur. Si tu ouvres la pochette intérieure, tu trouveras un paquet de gomme à mâcher. Rends-moi service et donne-m'en une, tu veux bien? Tu peux en prendre une aussi.

— Mais c'est de la gomme pour arrêter de fumer.

— Zut, je croyais que j'en avais de la normale. Désolée, la puce, il y a peut-être des menthes pour toi.

Il n'y en a pas. Mais ça ne fait rien. Dans 90 minutes, je

verrai ma mère.

Avec toute l'émotion du départ, je n'ai pas eu l'occasion de téléphoner à Benji. Mais tandis que nous reculons dans l'allée, je vois les rideaux bouger à sa fenêtre. La culpabilité s'empare de moi quand je réalise que j'ai quitté l'école sans avertissement, que je ne l'ai jamais appelé pour lui donner d'explications, et que je pars maintenant en escapade secrète, le soir en plus, avec l'une des personnes que j'aime le moins au monde. Mais parfois, il faut ce qu'il faut. Je sais qu'il comprendra.

\* \* \*

Denise est beaucoup plus amusante en voiture que je ne l'aurais cru. D'abord, contrairement à ma mère, Denise pense que la musique country, c'est pour les vieux et les simples d'esprit.

— Toi et moi, Clarissa, ne sommes pas simples d'esprit. Et malgré ce que tu peux croire, je ne suis pas si vieille que ça.

Nous écoutons donc le top 20 à 20 heures à la radio ordinaire. Denise connaît toutes les paroles de chaque chanson, et je suis d'humeur si joyeuse que ça ne m'ennuie pas qu'elle fredonne. Bientôt, je chante aussi à tue-tête, et je me fiche de ceux qui peuvent me voir ou m'entendre, car je me sens bien.

— Vas-y, chante! crie Denise.

Et elle baisse la vitre pour que je puisse chanter à pleins poumons tandis que nous filons sur l'autoroute dans la nuit noire sans fin. Le vent frais soulève mes cheveux, et j'ai l'impression de jouer dans un film. Je ne me suis pas sentie aussi bien depuis longtemps.

\* \* \*

En chemin, nous faisons un arrêt à la station-service.

Denise tend au préposé un billet de 20 $.

— Le plein! lance-t-elle.

Elle lui fait un clin d'œil, même s'il est assez jeune pour être son fils. Je lève les yeux au ciel, mais rien ne peut me mettre de mauvaise humeur, surtout quand Denise me donne 10 $ pour aller acheter des provisions.

Il n'y a personne dans le magasin, sauf la caissière qui ne m'adresse même pas un regard. Les lumières sont si éblouissantes qu'elles me font mal aux yeux. Je promène mon regard sur les tablettes, à la recherche des collations favorites des Delaney : des croustilles à la crème sure, des arachides recouvertes de chocolat et de la réglisse arc-en-ciel. Je songe à prendre un ou deux litres de boisson gazeuse, puis je me dis que le soda au gingembre est préférable pour ma mère; la chimio l'a probablement rendue nauséeuse. Les bras chargés de friandises, je me dirige vers la caisse d'un pas traînant.

— Tu commences un régime? dit la caissière.

Elle rit de sa propre blague, et son énorme poitrine tremble sous son uniforme rouge ketchup et jaune moutarde, aux couleurs de la station-service. Ses cheveux sont d'un blond cuivré artificiel qui laisse voir une repousse foncée et enduits d'une telle quantité de gel qu'elle semble sortie tout droit de la douche. Je réprime un petit rire méprisant.

En voyant que je ne réponds pas, elle demande :

— On se prépare à faire de la route?

Je hausse les épaules comme si ça ne valait pas la peine de répondre ou comme si ça ne la regardait pas. Ce qui est effectivement le cas.

— Peut-être.

— Amuse-toi bien.

Et parce que je suis d'excellente humeur, je dépose

rien de moins qu'une pièce de deux dollars dans le verre à pourboires, rien que pour lui montrer à quel point je suis une bonne personne, bien meilleure que les gens comme elle. Et de toute façon, c'est l'argent de Denise.

\* \* \*

Lorsque nous arrivons à London, mon estomac se contracte sous l'effet de l'excitation, ou peut-être est-ce la nervosité. Je ne saurais dire lequel des deux. Denise déplie la carte et l'étend sur le volant. Elle la tapote de son doigt et lit les noms de rue à haute voix.

— Hoyle. Dunmore…

— L'as-tu appelée pour lui dire qu'on venait?

— Non, répond Denise. J'ai tellement hâte de voir l'expression sur son visage. Mais ne t'inquiète pas, j'ai parlé à l'infirmière, et elle a dit que ta mère allait bien aujourd'hui. Elle sera heureuse d'avoir de la visite-surprise. Wellington. Ah, Wellington. C'est là.

Le manoir Hopestead est plus petit que je l'imaginais. Propret et peint en blanc avec des volets bleus, il ressemble à n'importe quelle autre vieille maison. Les rideaux sont tous fermés, mais ils ont des volants dans le bas comme des jupes anciennes, et la lumière s'en échappe comme de sous un jupon. Il y a même une galerie qui fait le tour de la maison, agrémentée d'une causeuse en osier. À l'intérieur d'une telle demeure, on s'attend à trouver une maman qui fait cuire des biscuits ou une vieille dame qui tricote dans une chaise berçante, pas des patients atteints de cancer avec des aiguilles plantées dans le bras. Mon estomac se serre; y aura-t-il des aiguilles plantées dans le bras de ma mère?

Je descends de la voiture et attends que Denise prenne ses sacs.

— Prête, la puce?

Nous grimpons les jolies petites marches, passons devant les jardinières et entrons. Un coussin blanc brodé de fil bleu est accroché à la porte. *Un étranger est un ami que vous n'avez pas encore rencontré*, peut-on y lire; le tout est agrémenté de nombreuses petites fleurs bleues. Celles-ci comptent cinq pointes, comme des étoiles. C'est peut-être une patiente souffrant de cancer qui l'a confectionné. Peut-être que quelqu'un vient enseigner la broderie aux patients durant leur convalescence. Je n'arrive pas à imaginer ma mère assise en cercle et papotant tout en brodant un message de bienvenue sur un coussin. Il faut dire qu'elle n'est pas particulièrement douée pour les travaux manuels.

— Il y a quelqu'un?

Denise et moi nous tenons dans le vestibule et regardons autour de nous, à la recherche de signes de vie. La seule chose qui différencie Hopestead d'une maison ordinaire est le bureau installé juste sous l'escalier. Il n'y a pas de réceptionniste en vue, mais un petit écriteau portant l'inscription « De retour dans cinq minutes » repose sur une pile de paperasse. Quelque part dans la maison, une télévision est allumée; j'entends les rires préenregistrés d'une comédie de situation, mais le son n'est pas assez fort pour que je puisse dire laquelle.

— Clarissa?

Et tout à coup, elle est là. Debout en haut de l'escalier, enveloppée dans son vieux peignoir violet, celui qui est usé par endroits, comme les coudes d'un vieil ourson en peluche. Je suis soulagée de constater que, bien que ses cheveux soient tirés en arrière et, je le vois d'ici, plus gras que d'habitude, elle a l'air pareil. Dans ma tête, je l'imaginais comme l'une de ces survivantes des camps de concentration qu'on nous a montrées dans des vidéos en histoire : maigre, le teint gris, et chauve. Je remarque avec étonnement que je retenais mon souffle. J'expire lentement. Et je réussis à balbutier :

— Surprise!

Serrant fermement la rampe, je grimpe les marches quatre à quatre jusqu'à ce que je sois juste devant elle. Ma mère écarte mes cheveux de mon front et prend mon menton tremblant entre ses mains.

— Viens, je vais te montrer ma chambre.

Je parviens à me dominer jusqu'au moment où nous entrons dans la pièce. Une fois en sécurité à l'intérieur, j'enfouis mon visage dans son peignoir et je fonds en larmes. Ses mains caressantes dans mes cheveux et mon cou ne font qu'aggraver les choses. Je sanglote et sanglote jusqu'à ce que mon nez se mette à couler et que le devant de son peignoir soit mouillé de mes larmes. J'arrête enfin de pleurer, mais mon corps est toujours secoué de spasmes, comme s'il avait encore besoin de pleurer. La peau de mes joues est tendue là où mes larmes ont séché.

— Ça va mieux? demande ma mère.

Je fais signe que oui.

— Bien.

Lorsque je m'éloigne d'elle, je m'aperçois qu'elle a pleuré aussi. Sa peau paraît grise et ses traits sont tirés, surtout sous les yeux.

— Tu n'as pas bonne mine, dis-je.

Elle rit.

— Je ne suis quand même pas au spa.

— Est-ce que c'est dur, Annie? lui demande Denise.

Je suis surprise de l'entendre. Elle a dû entrer juste après moi, mais je ne l'ai pas vue, trop occupée à pleurer comme un bébé. Elle est assise sur la chaise berçante de l'autre côté du lit, les mains sagement jointes sur ses genoux, comme une vieille dame. Elle aussi a l'air fatiguée. Peut-être qu'elle l'est depuis longtemps et que je ne l'avais pas remarqué.

— Parfois, répond ma mère. Mais pas toujours. C'est mieux quand on a de la visite.

Elle me serre affectueusement les épaules.

— On t'a apporté quelque chose, dis-je.

Je me dégage de son étreinte en me tortillant et fouille dans le sac aux pieds de Denise.

Je n'arrive pas à trouver le film. Pendant un instant, j'ai l'impression que je vais me remettre à pleurer. Mais non, le voilà. Je brandis *Le mariage de mon meilleur ami* et souris d'un air triomphant. Ma mère tape des mains et son visage s'illumine.

— Excellent choix! s'exclame-t-elle.

— On s'est dit que tu en aurais peut-être besoin, dit Denise.

— Pour être franche, ma journée n'a pas été de tout repos, et j'ai songé à lancer une alerte rouge tellement j'avais besoin de Julia Roberts, plaisante ma mère.

Denise émet un ricanement sarcastique.

— Tu n'es pas la seule.

\* \* \*

Il y a suffisamment d'espace pour nous trois dans le lit. Je me blottis contre ma mère, ma tête sur son épaule. Elle passe sa main dans mes cheveux comme elle le faisait quand j'étais petite et appuie son menton sur le dessus de ma tête de temps à autre. Denise est assise au bout du lit et attaque les orteils de ma mère avec un nouveau vernis à ongles appelé « Baies d'hiver ». Son coffret à cosmétiques repose ouvert à côté d'elle comme une grosse pieuvre

— Tes ongles sont dans un piteux état, Annie. Je vais te

laisser un bon hydratant et des chaussettes à l'aloès.

J'avais oublié que la chimio est dure pour le système digestif; Denise et moi nous partageons donc les provisions achetées à la station-service. Je mange une torsade de réglisse arc-en-ciel après l'autre. Benji prétend qu'elles goûtent le savon, alors que je ne m'en lasse jamais. Ma mère sirote du soda au gingembre dans un gobelet en papier et se contente de bonbons naturels au miel et au citron.

J'ai beau être bien, je tourne constamment la tête pour jeter des regards furtifs à ma mère. Même si elle n'est partie que depuis une semaine, on dirait que ça fait une éternité. C'est réconfortant de lever les yeux et de la voir assise juste là, à côté de moi. Mais il y a une limite au nombre de fois qu'on peut se retourner pour observer une personne sans que celle-ci s'en rende compte.

— Qu'est-ce que tu regardes? demande ma mère.

Puisqu'elle me pose la question, il y a une chose que j'aimerais savoir. Mais je ne veux pas gâcher ce moment. Tout est si normal : moi, ma mère, Denise et Julia Roberts.

— Je me demandais…

Ma mère hausse un sourcil et attend que je poursuive. Parfois, il n'y a qu'une seule façon de dire les choses : il faut plonger.

— Tu as toujours tes cheveux.

Ma mère s'agite un peu, et je me redresse de peur qu'elle ait mal.

— Oui, dit-elle. Pour l'instant.

Ce « pour l'instant » reste en suspens, comme un nuage noir menaçant de tout gâcher. Ma mère défait sa queue de cheval et fait gonfler ses cheveux. Je constate qu'ils ne sont pas seulement plus gras que d'habitude, mais plus clairsemés aussi. Je suis paniquée en voyant la quantité de cheveux restés sur l'élastique. En passant ses doigts dans ses cheveux, ma mère fait tomber encore plus de mèches et en inspecte les pointes.

— J'envisage de les couper court.

— Oh, Annie! dit Denise qui se met soudain à pleurer. Annie, tes cheveux!

Denise sanglote à fendre l'âme. Je ne sais plus où regarder ni quoi faire. Je me sens triste et mal à l'aise tout en ayant un léger fou rire. Comme toujours, Denise ne fait pas les choses à moitié. Elle hoquette, tremble et hurle comme un chien. Je suis convaincue qu'on l'entend dans toute la maison. J'imagine que je devrais être reconnaissante qu'on ne soit pas dehors ou au centre commercial.

Denise répète sans arrêt :

— Tes cheveux, tes cheveux…

Ça commence à m'énerver. Pour quelqu'un qui est soi-disant la meilleure amie de ma mère, elle ne lui est pas d'un grand soutien. Ce n'est pas comme si c'était elle qui allait perdre ses cheveux. Peut-elle seulement imaginer comment ma mère se sent de la voir s'effondrer de la sorte alors qu'il ne s'agit même pas d'elle?

— *Chuuut*, fait ma mère. Denise, tout ira bien. Ce ne sont que des cheveux, ça repoussera. Les cheveux repoussent toujours.

— M-mais tu es *coiffeuse*, Annie!

Ma mère hausse les épaules.

— Eh bien, je serai une coiffeuse chauve. Peut-être que je pourrais aller travailler chez Gipsy.

Denise rit comme une hystérique pendant quelques secondes, mais son visage se décompose et elle fond en larmes de nouveau. Ma mère lui frotte le bras.

— Denise, ce n'est pas pour toujours.

Denise se mouche dans sa manche et s'essuie les yeux du revers de la main. Dégoûtant.

— Je sais, dit-elle. Je sais. Je suis désolée.

Tandis que ma mère console Denise, je songe à la rédaction de Benji et à quel point il avait raison. Même en pleine tourmente, ma mère aide les autres. C'est elle qui souffre d'un cancer, malgré tout elle parvient à être la plus forte, celle qui réconforte les gens autour d'elle. En me remémorant le texte, je me sens minable et j'ai honte de ne pas y avoir pensé la première. Comment ai-je pu être aussi aveugle? Y a-t-il autre chose que je n'ai pas du tout saisi?

# Cuisine

Nous sommes toutes les trois si fatiguées d'avoir tant pleuré que nous nous endormons avant la fin du film. Le lendemain, je me réveille en sursaut et trouve Denise ronflant à côté de moi. Je ne me souviens pas de la dernière fois où j'ai dormi aussi profondément. Mon bras est coincé sous son oreiller. Je le retire avec précaution pour ne pas la réveiller et le secoue pour atténuer les fourmillements. Des parasites crépitent sur l'écran de télévision. Cela me rappelle les matins où ma mère me réveillait en disant :

— Vite, Clarissa, viens voir! Le canal météo prévoit une tempête!

Je descendais en courant et apercevais les parasites à l'écran, puis j'entendais le rire de ma mère résonner en haut. Voilà un autre exemple des mauvaises blagues de ma mère, dont je m'ennuie énormément depuis qu'elle est partie.

Je laisse mes yeux s'habituer à la semi-obscurité et examine la pièce. Ma mère occupe une chambre au coin du deuxième étage. Deux des murs sont dotés de fenêtres, et on y a installé un grand lit en fer recouvert d'une courtepointe. Il grince quand on grimpe dessus. Sous l'une des fenêtres se trouve une étagère basse remplie de livres avec des titres comme *Mon cancer du sein n'est pas moi*, *Le cancer du sein : guide de la survivante* et *De vraies femmes parlent du cancer*. Il y a aussi une bible et plein de gros romans d'amour.

Sur la table de chevet, à côté d'un verre d'eau, j'aperçois

un journal mince avec un stylo qui dépasse, comme un signet.

— Bonjour.

Ma mère bâille et s'assoit en se frottant les yeux.

— Qu'est-ce que c'est? dis-je.

— C'est mon journal, répond ma mère. Il semble que ça peut être thérapeutique de mettre ses sentiments par écrit durant le traitement.

Je fixe ma mère d'un air ébahi. Je ne l'ai jamais vue écrire quoi que ce soit, pas même une liste d'épicerie. Écrire à propos de ce qu'elle vit me paraît terriblement granola. Tout à coup, je remarque qu'il y a des bougies sur presque toutes les surfaces. Ce sont peut-être des bougies d'aromathérapie. En une semaine, les gens de Hopestead ont pris ma mère et en ont fait une hippie granola. Ma mère fait glisser son doigt sur le dos de son nouveau journal hippie. J'espère qu'elle ne le lira pas à haute voix; en même temps, je me demande si elle a écrit quoi que ce soit sur moi.

— As-tu faim? chuchote-t-elle.

Je hoche la tête.

— Viens, descendons à la cuisine. Je veux que tu rencontres tout le monde.

Nous nous glissons hors du lit aussi délicatement que possible pour ne pas réveiller Denise, même si je doute que ce soit possible. Elle grogne une fois et se retourne, prenant toute la largeur du lit. Ma mère enfile son peignoir et moi, ma veste molletonnée. Nous descendons ensemble à pas feutrés.

La cuisine de Hopestead est claire et ensoleillée, et étonnamment remplie à cette heure matinale. Deux femmes sont assises l'une en face de l'autre, penchées au-dessus de leurs tasses de thé fumant. L'une d'elles porte un bonnet en tricot rabattu sur ses oreilles. Elle est complètement chauve en dessous. Son teint est grisâtre, comme de l'argile, mais elle a un sourire chaleureux et un regard amical.

— C'est sûrement notre célèbre Clarissa, dit-elle.

Je suis surprise d'entendre son accent.

Ma mère pose ses mains sur mes épaules.

— Bonjour, tout le monde. Voici ma fille, Clarissa. Le rayon de soleil de ma vie ou, comme on dit dans mon métier, les mèches de mes cheveux.

Je ne peux pas croire que ma mère ait osé faire une blague sur les cheveux devant la dame chauve, mais cette dernière rit aussi fort que les autres.

— Ravie de faire ta connaissance, dit-elle en me serrant la main. Je m'appelle Joanne, et voici Carrie.

Celle-ci me salue d'un signe de tête. Elle est vêtue d'un kimono, et une écharpe de couleur vive lui couvre la tête. Si ce n'était des ecchymoses qu'elle a à l'avant-bras, elle aurait l'air d'une actrice dans un film en noir et blanc. Carrie surprend mon regard et rajuste les manches de son kimono.

— C'est à cause des piqûres, explique-t-elle. Les bleus paraissent beaucoup plus douloureux qu'ils le sont.

Je suis trop mal à l'aise pour ajouter quoi que ce soit.

Une autre femme est debout au comptoir et beurre une rôtie. Ses cheveux repoussent par petites touffes duveteuses partout sur sa tête. Je ne peux pas m'empêcher de la dévisager. Il y a quelque chose de bizarre chez elle, mais je n'arrive pas à mettre le doigt sur ce que c'est. Lorsque je réalise enfin que c'est parce qu'elle n'a plus de sourcils ni de cils, je me sens mal de l'avoir fixée ainsi et détourne le regard. J'ai lu que cela pouvait se produire dans l'une des brochures que ma mère m'a données, avant de les jeter. Si ça l'ennuie, elle ne laisse rien paraître.

— Désolée, nous n'avons rien de très exotique, comme du bacon ou des œufs, dit-elle d'un ton espiègle. Avant, j'adorais l'odeur du bacon qui cuisait. Maintenant, ça me donne la nausée. Que veux-tu, c'est la vie! Des rôties?

Je prends une assiette, tartine les rôties de beurre et saupoudre le tout de sucre à la cannelle. Joanne et Carrie se poussent pour nous faire de la place à table.

— Merci, Susan, dit ma mère à la friande de bacon sans sourcils.

Je mange, et les dames sirotent leur thé en silence pendant un moment.

— Hier soir, Clarissa a fait tout le trajet en voiture de chez nous jusqu'ici pour me faire une surprise, raconte ma mère en enroulant ma queue de cheval autour de son doigt.

Elle n'avait pas fait ça depuis des siècles. C'est réconfortant.

— Elle n'a pas l'air d'être en âge de conduire, souligne Joanne en effleurant ma joue de son doigt.

Je tressaille à peine.

— Quel est ton secret, ma chérie?

— C'est Denise qui a conduit, dis-je.

— Denise est ma meilleure amie depuis toujours, précise ma mère. Elle est encore couchée et dort comme une bûche.

Les dames gloussent.

— C'est la première fois que tu viens à Hopestead? demande Susan derrière le comptoir où elle est occupée à verser une cuillerée de feuilles de thé dans un sachet.

Je me contente d'acquiescer d'un signe de tête, ayant des rôties plein la bouche et ne voulant pas paraître mal élevée devant ces femmes si polies. Je ne me rappelle pas avoir pris part à un repas empreint d'une telle politesse.

— C'est mon troisième séjour à Hopestead, déclare Joanne. Et comme on dit, la troisième fois sera la bonne.

— Votre cancer est revenu? dis-je.

Curieusement, ça ne me gêne pas de lui poser des questions.

— Malheureusement, oui, répond-elle. La première fois, c'était dans mon sein gauche, la deuxième fois, dans le droit, et maintenant j'ai bien peur qu'il se soit logé dans mon poumon.

Elle se penche vers moi et baisse le ton.

— Cette cochonnerie a la vie dure, n'est-ce pas?

Susan fronce les sourcils.

— Ne fais pas peur à la pauvre petite, Jo, la réprimande-t-elle.

Elle se tourne vers moi.

— Ne t'inquiète pas. Ce n'est pas tout le monde qui fait une rechute.

— Mais c'est un fait que certains rechutent, poursuit Joanne. Inutile de lui mentir. Clarissa m'a l'air d'une fille capable de comprendre.

— Elle l'est, approuve ma mère.

J'ai l'impression de mesurer trois mètres de haut. Je me sens très adulte.

Joanne désigne sa poitrine d'un geste. C'est à ce moment que je remarque que son peignoir tombe droit là où celui des autres femmes épouse les formes de leurs corps.

— Tout ça n'est qu'une très petite partie de ma vie, dit-elle. Ça ne m'a jamais arrêtée. Savais-tu que l'an dernier, je suis allée au Costa Rica? J'ai fait du cheval au bord de l'eau et j'ai même essayé la tyrolienne.

— C'est vrai? dis-je, incapable d'imaginer cette femme glissant jusqu'en bas d'une montagne sur un gros fil de fer.

Joanne hoche la tête.

— L'année d'avant, j'ai couru un demi-marathon.

Même si je n'aime pas courir, je dois reconnaître que c'est très impressionnant. Joanne semble avoir au moins 60 ans. Peut-être plus.

— Ne t'attends pas à ce que je me mette à la course, dit ma mère. Mais j'avoue que ce serait bien de partir en voyage.

Mon cœur fait un bond.

— Tu es sérieuse?

Ma mère sourit et fait signe que oui de la tête.

— Pourquoi pas? Nous ne sommes jamais vraiment allées nulle part.

— Ça, c'est une réaction qui me plaît, conclut Joanne.

Les femmes parlent de toutes sortes de choses, comparent leur compte de lymphocytes, s'informent des membres de la famille de chacune et discutent d'une émission de télé qu'elles suivent toutes. Elles ne parlent pas constamment de cancer par-ci, de cancer par-là. Elles rient et plaisantent comme un groupe d'amies normales qui partagent un petit déjeuner normal. Mais quelque chose me tracasse. J'attends que Susan et Carrie partent, et que ma mère soit occupée à débarrasser la table.

— Je peux vous demander autre chose? dis-je à Joanne.

Elle se penche vers moi comme si elle s'apprêtait à me confier un secret.

— N'importe quoi.

— N'êtes-vous pas en colère?

Joanne réfléchit un instant avant de répondre.

— Je l'étais, avant. En fait, j'étais très en colère. Et il y a encore des jours où j'ai envie de frapper quelqu'un en pleine figure ou de hurler à tue-tête « pourquoi moi? » Mais cette expérience m'a apporté tellement de belles choses. Je sais que c'est difficile à croire, mais c'est vrai. Si je n'avais pas reçu un diagnostic de cancer, je serais peut-être restée assise sur mon gros derrière et je ne serais allée nulle part et n'aurais rien fait de toute ma vie. On a parfois besoin d'épreuves dans la vie pour se secouer un peu. Imagine, si je n'avais pas eu mon diagnostic, je ne serais jamais venue à Hopestead et je n'aurais jamais rencontré d'aussi bonnes amies. Ma mère m'a appris qu'il y a toujours un bon côté à toute chose. Il suffit de le chercher. Je crois que c'est payant de penser positivement, tu ne trouves pas, Clarissa?

— Oui, dis-je.

Joanne me fait un clin d'œil.

— Brave fille.

# Café moka

Avant qu'elle se rende à la clinique, ma mère et moi faisons une longue promenade. C'est l'une de ces journées d'hiver parfaites où le soleil brille et où l'air est vif, mais pas trop froid, et où l'on peut presque croire que le printemps est à nos portes. Hopestead se trouve dans un joli quartier avec de belles demeures. Des familles vont et viennent, certaines à l'épicerie et d'autres au travail. Les gens nous saluent de la main lorsque nous passons, comme si nous étions des voisines et non des étrangères qui habitent dans la maison des cancéreux. Ça fait chaud au cœur.

— Les autres dames ont l'air gentilles. Surtout Joanne.

Ma mère sourit.

— J'ai pensé qu'elle te plairait. C'est l'une de mes préférées aussi. Une femme étonnante, pleine de cran. Elle me fait penser à toi.

Je ne vois pas ce que j'ai en commun avec une vieille dame atteinte d'un cancer, mais je suis heureuse de voir qu'elle pense à moi. J'aime bien qu'elle me perçoive comme pleine de cran, et non d'humeur changeante. Je voudrais lui dire que je regrette de ne pas l'avoir écoutée davantage quand elle appelait chaque soir, et que je suis désolée d'avoir paru aussi peu intéressée par sa vie à Hopestead. Je dis plutôt :

— Je suis contente que tu aies des amies ici.

— Moi aussi. Elles me sont d'un grand secours. Mais assez parlé de moi. Je veux savoir comment tu vas. Raconte-moi ce que j'ai manqué.

C'est plus facile de discuter en marchant. Peut-être parce qu'on doit regarder devant soi et qu'on n'a pas à soutenir le regard de quelqu'un qui vous juge ou, pire encore, vous prend en pitié. Je lui parle de Benji et de Terry DiCarlo, de Denise qui a failli mettre le feu à la maison, de Michael Greenblat qui ne me laisse pas tranquille et du fait que tout le monde croit maintenant que j'ai le béguin pour lui. Je ne dis rien au sujet de M. Campbell ou des lettres. Elle ne m'interrompt pas et attend que j'aie fini avant de déclarer :

— Tu as été occupée. Y a-t-il autre chose qui te préoccupe?

Je me demande si Denise lui a dit à propos de mes règles (eurgh!), car elle semble savoir que je ne lui ai pas confié le plus important. Ou peut-être que c'est juste une intuition de mère. Je prends une grande inspiration et lui raconte ce qui s'est passé durant le cours d'histoire, comment Mattie m'a rejointe dans les toilettes et comment j'ai fait semblant d'être malade pour pouvoir rentrer. Lorsque j'ai terminé, elle s'arrête au beau milieu du trottoir et me serre très fort dans ses bras.

— Je suis désolée de ne pas avoir été là.

— C'est OK, dis-je, même si ça ne l'est pas.

— Non, insiste ma mère. Ce n'est pas OK. Rien de tout ça n'est OK. Je devrais être là pour ce genre de choses. Je veux être là pour ce genre de choses.

J'ai un moment d'angoisse, où je me dis qu'elle va se mettre à pleurer. Je ne sais pas ce que je ferais si ma mère éclatait en sanglots au beau milieu de la rue.

— Ce n'est pas ta faute. Ce n'est pas comme si tu avais voulu avoir le cancer et rater la pire journée de ma vie.

Elle rit et passe son bras autour de mes épaules. Nous continuons à marcher.

— Clarissa, tu m'as énormément manqué. Tu me manques chaque seconde de chaque journée. Si on te gâtait un peu? J'ai envie de t'offrir quelque chose pour célébrer ton passage à la vie de femme.

Je me couvre les oreilles de mes mains, mais même mes mitaines ne sont pas assez épaisses pour m'empêcher d'entendre.

— Maman! *Je t'en prie!*

Elle rit.

— D'accord, d'accord. Peut-être pas célébrer, mais souligner, disons.

— Pourquoi voudrais-je souligner une chose pareille?

— Mmm...

Ma mère réfléchit.

— Et si c'était pour célébrer le fait que le pire jour de ta vie est derrière toi?

— Je pourrais avoir un café? Un grand avec du chocolat et de la crème fouettée?

— Je crois que tu veux dire un café moka.

— Peu importe.

— Oui. En tant que nouvelle femme sur le chemin de la vie adulte, tu peux avoir un café moka.

— J'accepte.

Nous concluons l'affaire par une poignée de main.

* * *

Denise et moi restons également le vendredi soir et emmenons ma mère au centre commercial le samedi. Tout me paraît tellement normal quand j'entends Denise et ma mère se disputer à propos du prix d'un jean que j'oublie à quel point j'ai horreur de magasiner, et je m'amuse bien. Je suis tout à fait prête à rester une autre nuit, mais Denise ne veut pas que ma mère se fatigue. Nous prenons donc le chemin de la maison après le souper.

Il fait nuit lorsque Denise et moi nous garons devant la maison. Il n'y a aucune lumière ni aucun signe de vie chez Benji. Les rideaux étant parfaitement immobiles, je sais qu'il n'est pas assis là à m'attendre. Ma bonne humeur baisse d'un cran. J'avais hâte de le revoir.

Denise claque la portière et farfouille pour trouver ses clés.

— Allez, la puce. Notre petit voyage est terminé. Je suis presque certaine qu'on a laissé de la vaisselle dans l'évier. Il va nous falloir des explosifs pour faire décoller la saleté.

— Comment ça, « on »? C'est toi qui laisses la vaisselle dans l'évier sans la rincer.

— Clarissa…

Je reconnais le ton d'avertissement que ma mère adopte quand elle ne plaisante pas. Si vous voulez mon avis, Denise prend son rôle de gardienne beaucoup trop au sérieux.

Lorsque je lui signale que je dois me mettre à jour dans mes devoirs, Denise me jette un regard assassin.

— Très bien, dit-elle. Dans ce cas, tu téléphones à ta petite copine pour savoir ce que tu as à faire, et tu viens travailler dans la cuisine pendant que je lave la vaisselle.

Mais cela ne se produit pas. Quand nous entrons dans la maison, le voyant lumineux rouge du répondeur clignote, et la voix de Mattie Cohen résonne dans la cuisine lorsque j'appuie sur le bouton de lecture.

— Clarissa, c'est Mattie. Je ne sais pas où tu es, mais j'ai pensé qu'il valait mieux que je te prévienne. Benji a été sauvagement battu aujourd'hui et il est parti en ambulance. Appelle-moi dès que tu entends ce message.

# Coup de poing

Ça ne répond pas chez Benji. Je raccroche et appelle de nouveau, juste au cas où le Dentonateur dormait la première fois et n'aurait pas entendu le téléphone. Toujours pas de réponse. Je raccroche brusquement.

— Pas de réponse? demande Denise.

Je la foudroie du regard.

— De toute évidence!

— Il est probablement à l'hôpital.

— Merci de me réconforter, je me sens beaucoup mieux maintenant.

— As-tu essayé d'appeler chez ton amie Mattie?

— Elle n'est pas mon amie, et non, je n'ai pas essayé, car de toute façon, elle invente la moitié de ce qu'elle dit.

Je ne peux pas croire que Benji soit réellement à l'hôpital. Ça n'a pas de sens. J'ai beau essayer, je n'arrive tout simplement pas à imaginer qu'une ambulance soit venue et l'ait emmené. Je me demande qui est monté avec lui. Je me sens malade rien que d'y penser.

— Il faut que tu téléphones à l'hôpital! dis-je à Denise.

— Le personnel ne donne pas d'informations sur les patients, commence-t-elle.

Mais lorsqu'elle se rend compte à quel point je suis sérieuse, elle lève les bras au ciel.

— D'accord, d'accord. Mais ne viens pas m'arracher la tête quand ils m'enverront promener.

Ça sonne et sonne encore. Pourquoi est-ce que personne

ne répond? Je n'en peux plus d'attendre.

— Pourquoi est-ce si long?

Denise me fait signe de me taire. Enfin, quelqu'un décroche, et Denise prend son ton le plus professionnel.

— Oui, bonjour. J'appelle au sujet d'un patient. Son nom de famille est Denton, et son prénom, Benjamin, mais tout le monde le surnomme Benji. Il aurait été admis hier. Oui, oui, merci.

Denise raccroche.

— Alors?

— Il n'est pas là.

— Pas là?

— Il doit être chez lui, probablement en train de dormir, pauvre petit.

Je me précipite à la fenêtre et cherche le moindre signe de vie chez Benji. Rien.

— J'y vais, dis-je.

Denise tend le bras pour m'arrêter.

— Il vaudrait peut-être mieux attendre demain matin.

— Je ne peux pas attendre aussi longtemps! Je dois savoir comment il va! Il est peut-être en train de mourir!

Denise pince les lèvres et, pendant un instant, je crois qu'elle va m'interdire d'y aller. Mais elle soupire et fait un pas de côté pour me laisser passer.

— D'accord, mais si personne ne répond, ne défonce pas la porte. Tu reviens ici tout de suite et...

Mais je n'entends pas la suite. Je suis déjà dehors.

* * *

Au début, il n'y a pas de réponse. J'appuie de nouveau sur la sonnette et frappe aussi fort que je le peux. Voyant que ça ne suffit pas, je donne des coups de pied dans la porte avec le bout de ma botte. Enfin, une lumière s'allume et le

Dentonateur vient m'ouvrir.

— Clarissa, dit-il. Nom de Dieu, j'ai cru que la fin du monde était arrivée.

— Il faut que je voie Benji.

David Denton secoue la tête et sort sur le perron, refermant la porte derrière lui.

— Il dort.

— Mais il n'est même pas 21 heures.

— Les deux derniers jours ont été assez pénibles pour Benji.

— Est-ce qu'il va bien? dis-je d'une voix étranglée.

— Il a l'air d'un garçon qui s'est battu, mais il va s'en sortir. Aucune séquelle permanente.

J'éprouve un malaise en entendant les mots « séquelles permanentes ».

— Et ses blessures?

— Il va survivre. J'ai vu bien pire que ça dans mon temps.

J'avais presque oublié que je parlais au père de Benji, le fameux Dentonateur, ancienne vedette de hockey, un dur de dur.

— Mais vous, vous étiez joueur de hockey. Vous avez probablement déclenché la moitié de ces bagarres. Benji est contre les bagarres.

— Oui, c'est vrai et, pour être honnête, je ne pensais pas qu'il savait se battre.

— Qu'est-ce que vous voulez dire?

— Il n'a peut-être pas donné le premier coup de poing, mais il a bel et bien provoqué la bagarre. Et d'après ce qu'il m'a dit, l'autre gars le méritait. On dirait bien que tu as déteint sur lui.

Je n'y comprends plus rien maintenant.

Le Dentonateur me regarde. Je dirais plutôt qu'il me

dévisage longuement avant de continuer.

— Tu es une bonne amie pour mon gars. Je sais que tu as pris sa défense par le passé. Reviens lundi. Je suis certain qu'il sera content de te voir.

Il pose une main sur mon épaule et retourne dans l'obscurité de la maison.

# Courage

— Te voilà! Où étais-tu passée? Tu n'as pas eu mon message? J'ai plein de choses à te dire!

Avant que j'aie pu répondre à l'une de ses questions, Mattie agrippe la manche de mon manteau et m'entraîne derrière les balançoires où on pourra parler en privé d'ici à ce que la sonnerie retentisse. À vrai dire, ça fait presque mon affaire, car depuis mon arrivée les gens m'observent et parlent tout bas.

— Et puis? demande Mattie.

— Je suis allée rendre visite à ma mère. Non pas que ça te concerne.

Le regard de Mattie s'adoucit aussitôt.

— Est-ce qu'elle va bien?

— Aussi bien qu'on puisse aller quand on a de la chimio.

Mattie hoche la tête d'un air entendu.

— La chimiothérapie est très dure pour le corps, affirme-t-elle, comme si elle y connaissait quelque chose.

Je résiste à l'envie de lui servir une réplique acerbe.

— Qu'est-ce qui s'est passé vendredi? dis-je.

— Tu veux dire, avec Benji?

— Bien sûr, avec Benji!

— Donc tu as bel et bien eu mon message. Je n'en étais pas certaine puisque tu n'as jamais rappelée.

Je n'arrive pas à croire que Mattie boude à un moment pareil. Je suis *à deux doigts* de m'en aller, sauf qu'elle est la seule à qui je peux parler de Benji. Je serre les dents et me force à lui sourire. Comme dit ma mère, on attrape plus de mouches avec du miel qu'avec du vinaigre.

— Je suis désolée, Mattie. J'étais bouleversée à cause de ce qui arrive à ma mère, à Benji et tout.

Mes paroles sonnent faux, même à mes propres oreilles; mais Mattie gobe tout, me fixant de ses yeux tristes et me tapotant le bras.

— Oh mon Dieu, mais bien sûr! Ce doit être extrêmement difficile pour toi.

Je hoche la tête et attends qu'elle poursuive.

— Comme tu le sais, c'est vendredi que M. Campbell devait choisir les trois meilleures rédactions sur les héros des temps modernes et nous en lire des extraits.

Oh non! La rédaction… Je l'avais complètement oubliée. M. Campbell aurait pu me prendre à part pour me le rappeler, ou du moins il aurait pu envoyer une lettre d'avertissement à la maison. Il a plutôt choisi de me laisser couler. Sale type.

— Il a lu celle de Julie Kennedy en premier. En fait, il n'a pas nommé l'auteure, les rédactions étant toutes anonymes, mais le texte portait sur le docteur Wellington et le refuge pour animaux. Tout le monde sait que Julie est folle des animaux et qu'elle travaille au refuge la fin de semaine. C'était assez évident.

Elle fait une pause avant de continuer.

— La suivante parlait d'un joueur de baseball qui donne tout son argent à des œuvres de bienfaisance et qui a adopté trois enfants venant de Chine. Je crois que c'était le texte de Michael Greenblat, mais je n'en suis pas sûre. Puis il a lu la rédaction de Benji.

Je jure que mon cœur s'est arrêté de battre pendant une seconde. À la pensée que M. Campbell ait lu devant toute la classe ce que Benji avait écrit sur ma mère, j'ai eu envie de tourner les talons, de courir jusque chez moi et de ne plus jamais revenir à l'école. Il s'agissait de choses personnelles, intimes. Comment a-t-il osé partager ça avec toute la classe?! Quelle sorte d'enseignant est-il donc? Je me rends compte que Mattie me dévisage, mais j'ai peur de ne plus avoir de voix.

— Tu m'as entendue, Clarissa? Le texte suivant était celui de Benji. Oh, Clarissa, c'était tellement beau. Presque toutes les filles de la classe ont pleuré.

— Je n'arrive pas à croire qu'il ait fait ça!

Mattie paraît troublée.

— De qui parles-tu?

— De ces deux-là! Étaler ainsi la vie de ma mère! Nous ne sommes pas un divertissement! Il ne s'agit pas d'une téléréalité!

— Mais qu'est-ce que tu racontes? Ça ne parlait pas de ta mère, Clarissa, mais de toi.

— Quoi?

Mattie porte aussitôt ses mains à sa bouche.

— Tu veux dire que tu ne le savais pas? s'écrie-t-elle. C'est encore plus tragique!

Pendant un instant, j'ai l'impression qu'elle va fondre en larmes. Je l'empoigne par les bras pour qu'elle se ressaisisse.

— Mattie! Concentre-toi! Qu'est-ce qu'il a dit?

— Il a dit que tu étais la personne la plus courageuse qu'il connaissait, toujours prête à défendre les autres, à faire bonne figure  malgré le fait que ta mère souffre d'un cancer et va peut-être mourir…

— Elle ne va pas mourir…

— Je te répète simplement ce qu'il a dit! Il a ensuite parlé de Terry DiCarlo et de toutes les choses qu'il a faites, décrivant quel genre de brute il est et déclarant qu'à l'avenir, il allait se défendre grâce à toi! Oh Clarissa, c'était tellement inspirant.

J'ai du mal à assimiler cette nouvelle et surprenante information. J'ai lu le texte de Benji. Il portait sur ma mère, pas sur moi.

— Et qu'est-ce qui s'est passé ensuite?

— Nous savions tous que c'était la rédaction de Benji. Personne d'autre ne t'aime autant, sans vouloir te vexer, et il avait le visage tout rouge. Puis juste avant l'heure du dîner, M. Campbell a demandé à Benji de rester une minute.

Mattie marque une pause pour faire de l'effet et me regarde comme si le reste allait de soi.

— Donc?

Mattie roule les yeux.

— Donc, peu de temps après, Terry DiCarlo a été convoqué au bureau de la directrice et suspendu. Tout ça à cause de la rédaction de Benji! Comme tu peux l'imaginer, il était absolument furieux, et après l'école, lui et quelques-uns de ses amis ont attendu Benji.

Mattie inspire profondément et, de nouveau, elle semble sur le point de pleurer. J'ai envie de pleurer aussi quand je songe à Benji rentrant seul de l'école, sans protection.

— Pauvre Benji. Il n'avait pas la moindre chance. Je n'étais pas là, mais quelqu'un qui a tout vu a raconté qu'il avait tenté de les repousser.

J'éprouve un élan de fierté pour Benji.

— Heureusement, quelqu'un a couru chercher la directrice. Mais entretemps, Terry et sa bande ont déguerpi, et Benji gisait sur le sol.

Mattie se penche en avant pour me confier la suite.

— Ils ont dû arroser le trottoir pour faire disparaître le

sang, souffle-t-elle.

Je frémis.

— Quand l'ambulance est arrivée, le policier a demandé si quelqu'un avait vu l'agresseur. Tout le monde a dit non.

— Quoi? Mais je croyais que tu avais dit que c'était Terry!

— C'est ce que les gens ont prétendu, mais personne n'ose affirmer quoi que ce soit. Tu ne comprends donc pas? Benji a parlé de Terry dans sa rédaction, et regarde ce qui lui est arrivé.

— Est-ce que ça ne suffit pas comme preuve?

— Il leur faut un témoin. De plus, ça ne s'est pas déroulé sur les terrains de l'école.

— Et Benji? Qu'est-ce qu'il dit?

— C'est ça le plus étrange. On aurait pu penser que Benji aurait tout raconté à la police et que Terry aurait été arrêté ou jeté dans une prison pour délinquants juvéniles ou je ne sais trop. Mais non. C'est la preuve que Benji n'a rien dit.

Je fronce les sourcils.

— Ça n'a aucun sens.

— Peut-être qu'il a peur, suggère Mattie. Tu n'étais pas là. Ce n'est pas ton cerveau qu'on bourrait de coups.

— Tu n'y étais pas non plus.

La lèvre de Mattie tremblote.

— Je te raconte simplement ce qui s'est passé, déclare-t-elle avec virulence.

J'ai appris tant de choses au cours des dernières minutes que j'en ai la tête qui tourne. Je ne sais pas quoi faire, et j'éprouve un soulagement quand la sonnerie retentit. Maintenant, au moins, je vais pouvoir profiter du cours de maths pour rentrer dans ma bulle et réfléchir à tout ça.

\* \* \*

Du jour au lendemain, je suis devenue une vedette. Des gens que je ne connais même pas me saluent dans le couloir. Une fille vient vers moi et me dit :

— Courage, Clarissa.

Je ne lui ai jamais parlé de ma vie! Maintenant que Terry n'est plus là, l'ambiance à l'école est plus amicale et joyeuse. Il y a plus d'élèves qui rient dans les couloirs. On se croirait à Munchkinland quand Dorothée laisse tomber la maison sur la méchante sorcière de l'Est : soudain, tout le monde chante et l'action se déroule en technicolor. C'est incroyable de voir combien de gens détestent Terry. Ça me rend furieuse qu'aucun d'entre eux n'ait osé le dénoncer. Par ailleurs, je commence à me sentir un peu coupable de récolter toute la gloire et les félicitations. Après tout, je n'ai rien fait. C'est Benji qui a écrit le texte; c'est lui qui a tout dévoilé. Correction : c'est ce niaiseux de M. Campbell qui a tout dévoilé à sa place. Sapristi, comment peut-on être aussi nul? Bien évidemment que Terry DiCarlo en voulait à Benji après ça!

Par égard pour Benji, je décide de ne plus adresser la parole à M. Campbell et de lui lancer des regards furieux dès il a le dos tourné. Mais ça ne l'affecte pas le moins du monde. En fait, il arbore un immense sourire quand il me voit.

— Clarissa! Content de te revoir. La classe est si tranquille et monotone sans toi.

Je hoche la tête, mais refuse de parler.

— Malheureusement, tu as manqué une journée fort chargée, mais je fais confiance à Mattie pour répondre à toute question à propos des devoirs.

Mattie sourit d'un air jovial.

— Bien sûr, monsieur Campbell, dit-elle.

Pfft.

— Et si ça ne t'ennuie pas, j'aimerais que tu restes à la fin du dernier cours. Je veux te remettre ton devoir et discuter avec toi de quelques petites choses. Je t'aurais bien vue à l'heure du dîner, mais j'ai une réunion.

Je hausse les épaules et me glisse à ma place.

— Excuse-moi, Clarissa, je ne t'ai pas entendue, dit M. Campbell.

Il a parlé d'un ton plutôt aimable, mais je devine à sa voix qu'il n'est pas d'humeur à plaisanter.

— D'accord, monsieur Campbell. On se voit après l'école, dis-je.

— Superrrrr!

\* \* \*

C'est au dîner que Benji me manque le plus. Et ce n'est pas parce que je suis seule, car en fait je n'ai jamais été aussi entourée de toute ma vie à l'heure du dîner. Mattie conduit un groupe de filles à ma table, et elles s'installent juste à côté de moi. Elles n'arrêtent pas de répéter à quel point je suis courageuse et disent qu'elles prient pour Benji et ma mère. Lorsqu'il devient évident que ce n'est pas moi qui leur fournirai des détails croustillants, elles oublient un peu que je suis là et discutent entre elles des garçons et d'une émission de télé dont je n'ai jamais entendu parler puisque nous ne regardons que des rediffusions à la maison.

À l'autre bout de la cafétéria, Michael Greenblat regarde constamment dans ma direction. Je sais qu'il n'osera pas venir me parler devant toutes ces filles, mais je me surprends à souhaiter qu'il le fasse. Même les géodes valent mieux que ce babillage sur les garçons.

— Oh mon Dieu, Clarissa! Michael Greenblat t'observe depuis tout à l'heure! dit Amanda. Qu'est-ce qui se passe?

— Rien. On est un peu amis.

Les filles échangent des regards. Il doit y avoir quelque chose qui m'échappe, car elles se mettent toutes à rire sottement.

— Ouais, fait Min en roulant les yeux, « amis ».

Et elle glousse de plus belle.

Voilà pourquoi Benji me manque.

# Couperet

À la sonnerie, les élèves prennent leurs livres et se précipitent hors de la classe. C'est ce que je ferais aussi si M. Campbell ne m'avait pas demandé de rester pour parler un peu.

— Je vais t'attendre, propose Mattie.

Je décline son offre.

— Ce n'est pas la peine.

— Appelle-moi! ajoute-t-elle.

Je lui réponds par un haussement d'épaules, ce qui ne veut dire ni oui ni non. M. Campbell est assis à son bureau et feuillette des papiers. Il ne lève même pas les yeux pour me regarder. À bon chat, bon rat. Je sors mon devoir du vendredi et fais mine de le commencer. De temps en temps, je jette un coup d'œil furtif : M. Campbell n'a pas bougé. Il s'éclaircit la voix, mais, quand je lève les yeux, il a toujours le nez dans sa paperasse.

Au bout de ce qui m'a paru une éternité, il interrompt son travail et me sourit comme s'il n'avait pas remarqué que j'étais juste là devant lui depuis dix bonnes minutes.

— Clarissa, dit-il en joignant ses mains sur le bureau. Clarissa Louise Delaney.

Je n'aime pas que les gens m'appellent par mon nom complet; ça me rend nerveuse. Mais pas question de le lui laisser voir. Je lui adresse un sourire radieux et prends mon ton le plus joyeux :

— Oui, monsieur Campbell?

Ce dernier ouvre un tiroir et en sort un épais dossier. Il vient vers moi, le dépose sur mon pupitre et déclare :

— J'ai besoin de ton aide. Mme Donner m'a remis ça l'autre jour. Jettes-y un coup d'œil et dis-moi ce que tu ferais à ma place.

— OK.

J'ouvre la chemise, et une pile de lettres se trouve là, juste sous mon nez. Je les reconnais tout de suite. *Chère madame Donner, je vous écris pour formuler une plainte officielle contre un certain M. Campbell... tous les jours, mon enfant revient de l'école en pleurant à cause de ce que M. Campbell a dit... M. Campbell est un enseignant paresseux et incompétent... j'ai trois enfants, et aucun ne s'est jamais plaint autant d'un enseignant que mon fils de M. Campbell.* En les relisant, je ne peux pas croire que j'ai été aussi méchante. Les lettres dégagent une telle colère, une telle haine. J'ai si honte que je suis incapable de le regarder.

— Alors? Qu'est-ce que tu ferais? demande-t-il doucement.

Je ne me sens pas la force de répondre.

— Tu sais, ce n'est pas facile d'être le nouveau, déclare M. Campbell. Surtout quand la barre est aussi haute. D'après ce que j'ai compris, Mlle Ross était assez exceptionnelle.

Il attend que je dise quelque chose, mais je ne parviens qu'à hausser les épaules. Lorsqu'il continue, sa voix est basse.

— Parle-moi de Mlle Ross.

Je lui parle donc du nid d'oiseaux, et lui raconte qu'ici même, dans cette classe où nous nous trouvons, elle m'a comparée à un aigle et que je l'ai crue. Je lui raconte à quel point j'ai attendu et attendu que cette année arrive, et que maintenant qu'elle est là et que je la vis, rien ne se passe comme je l'avais prévu. À mesure que je raconte mon histoire, je me rends compte que si Mlle Ross était au courant des lettres, elle aurait honte de moi. J'ai honte de moi. Je me sens davantage comme un ver de terre que comme un aigle.

— Un aigle, répète M. Campbell.

Je fais un signe affirmatif. Je me sens à la fois vulnérable et mal à l'aise, mais M. Campbell ne rit pas. Il ne dit rien et se contente de me regarder d'un air pensif.

— Tu es une bonne imitatrice, Clarissa, et tu es douée pour l'écriture. En fait, j'aimerais que tu mettes autant d'énergie à faire tes devoirs que tu en as mis à écrire ces lettres. Car pour l'instant, ce n'est pas le cas. Mme Donner et moi avons beaucoup réfléchi à ce que nous devrions faire à propos de ces lettres, et au genre de punition qui serait approprié. Je lui ai demandé de me laisser m'en occuper.

Le moment est venu. Ma respiration est saccadée. J'attends que le couperet tombe. Je vais être suspendue, redoubler ou, pire encore, il montrera les lettres à ma mère, et elle retirera tout ce qu'elle a dit : fini la fierté qu'elle éprouvait pour moi.

— Je crois, poursuit M. Campbell, que tu as déjà été suffisamment punie comme ça.

Quoi? Il doit s'agir d'une blague. Lorsque je lève les yeux, M. Campbell appuie son gros menton dans ses mains et me regarde droit dans les yeux.

— Tu as eu une année difficile, Clarissa.

En voyant que je ne dis rien, il insiste :

— N'est-ce pas?

Je finis par retrouver la voix.

— Oui, monsieur.

Il rit.

— Monsieur! C'est la preuve que tu n'es pas dans ton assiette. Tu vois, je sais qu'en réalité ces lettres ne me concernent pas.

Il tapote les lettres qui jonchent mon pupitre.

— Elles concernent ta mère, Benji, Mlle Ross et tout le reste, mais pas moi. En lisant ta rédaction, j'ai finalement entrevu ce qui se passe là-dedans.

Il désigne ma tête. Je ne comprends pas. Quelle rédaction? De quoi parle-t-il?

— Je veux que tu saches que je ne suis pas ton ennemi. Si tu veux discuter, ou si tu as besoin de crier et de hurler, tu peux venir me trouver. En attendant, nous allons conclure un marché. J'oublie que j'ai vu ces lettres, et en retour, tu donnes un coup de main à la station de radio à partir de maintenant, et ce, jusqu'à la fin de l'année. Mets à profit ton talent d'écriture et trouve-moi des histoires intéressantes qui concernent les élèves et le personnel de l'école, ici même à Ferndale. Tu as un don pour l'art dramatique, c'est incontestable, mais voilà l'occasion de t'en servir pour le meilleur.

Non, mais je rêve. C'est trop beau pour être vrai. Aussi nulle que soit la station de radio, c'est mieux que les retenues ou la suspension.

— Alors? Marché conclu?

M. Campbell me tend la main. Je la serre, et il sourit.

— C'est un choix judicieux, Clarissa. Maintenant, débarrassons-nous des preuves, d'accord?

Et sur ce, il balaie les lettres de mon pupitre et les jette dans le bac à recyclage.

— Avant que tu partes, voici ta rédaction. Et si tu veux mon avis, tu devrais la montrer à ta mère. Je crois qu'elle serait très touchée.

Je prends ma rédaction, sauf qu'il ne s'agit pas du tout de la mienne. Sur la première page, il y a un dessin représentant ma mère, et le titre, *Annie Delaney, la Wonder Woman* du quartier, est écrit de travers en haut comme sur le magazine de bande dessinée. C'est la première rédaction que Benji a écrite, sauf qu'au bas de la page, il a effacé son nom et l'a remplacé par le mien.

* * *

Benji est assis dans son lit, appuyé sur une montagne d'oreillers, et regarde la télé que son père a installée sur sa commode. Son œil gauche est toujours enflé, mais les bords de l'ecchymose tournent peu à peu au jaune et au vert. Il a la lèvre fendue et le bras droit en écharpe.

Benji m'énumère ses blessures. Chacune d'elle me met de plus en plus en colère.

— Côte fêlée, œil au beurre noir, léger traumatisme crânien. Le genre de blessures qu'on se fait au hockey.

Content de sa blague, Benji sourit, mais il grimace et se touche doucement la lèvre.

— Tiens, je t'ai apporté ça.

Je lui tends une trousse de maquillage comprenant anticernes, fond de teint et bâtons correcteurs.

— C'est pour que tu puisses te faire beau demain pour l'école.

— Merci, mais je ne suis pas certain d'être prêt à y retourner tout de suite. Et puis, j'avais l'intention d'y aller sans maquillage. Tout le monde est au courant, de toute façon.

— Benji, comment se fait-il que la directrice cherche toujours le ou les coupables?

Benji baisse les yeux, mais demeure silencieux.

— Tu ne l'as dit à personne?

— Ils m'auraient traité de rapporteur.

— J'ai entendu parler de ta rédaction, Benji, et toute l'école aussi! Terry croit déjà que tu es un rapporteur, sauf que maintenant tu peux vraiment le coincer.

Benji mange son biscuit au chocolat d'un air songeur et évite mon regard.

— Qu'est-ce qu'il y a? Tu as peur?

— Regarde-moi en face, Clarissa. Bien sûr que j'ai peur.

— Mais tout le monde le sait maintenant, les élèves, les enseignants. Tu es plus en sécurité que jamais.

— Je n'ai pas peur pour moi. J'ai peur pour toi. Terry m'a dit que si je parlais à qui que ce soit, ils s'en prendraient à toi.

Une petite sonnette d'avertissement se déclenche dans ma tête, mais je n'y prête pas attention. Il ne parlait sûrement pas sérieusement. Terry DiCarlo est bête, mais quand même pas à ce point-là.

— Et tu l'as cru? Je suis une fille, jamais il ne me touchera. Et sans vouloir te vexer, Benji, je cours plus vite que toi. Je pourrais facilement distancer Terry et ses amis.

Benji fait non de la tête.

— Tu n'étais pas là, Clarissa. Tu n'as aucune idée de ce dont Terry est capable quand il perd la tête.

Je ne veux pas vraiment savoir ce dont il est capable, et à voir Benji tripoter nerveusement le bord de la couverture, je devine qu'il n'a pas envie d'entrer dans les détails non plus.

— Il y a autre chose dont je voulais te parler, dis-je. M. Campbell m'a remis ma rédaction. Je devrais plutôt dire qu'il m'a remis ta rédaction.

Benji remue, mal à l'aise.

— Pourquoi as-tu fait ça? dis-je.

— Tu ne lui as rien dit, n'est-ce pas?

— Non! Mais j'aurais dû. Il est au courant à propos des lettres, Benji. Il m'a dit de rester après l'école et m'a demandé mon avis sur ce qu'il devrait faire avec.

— Qu'est-ce que tu as répondu?

Je lève les bras au ciel.

— Rien! Que voulais-tu que je réponde?

— As-tu pleuré?

— Non, je n'ai pas pleuré… même si j'ai cru que ça y était à un moment.

— Moi, j'aurais sûrement pleuré.

— Ça ne veut pas dire grand-chose, tu pleures tout le temps. Le fait est qu'il savait que c'était moi et, au lieu de me punir, il m'a simplement demandé de recueillir du matériel pour le *Midi Café*. Tu te rends compte?

— J'aime bien M. Campbell, dit Benji. Il m'a accompagné à l'hôpital, tu sais.

Cette nouvelle me surprend.

— C'est vrai?

— Oui. Et il est resté avec moi jusqu'à ce que mon père arrive. Je pense que c'est la personne la plus gentille que je connaisse. À part ta mère. Dommage qu'il soit déjà marié; ils feraient le plus beau couple du monde.

Je lève les yeux au ciel.

— Super. Maintenant il croit que j'ai écrit un texte qui est de toi, ce qui fait de moi une menteuse, et il veut que je le montre à ma mère.

Je me redresse lorsqu'une terrible pensée me traverse l'esprit.

— Et s'il le donnait à ma mère à la remise du bulletin?

— Il te l'a redonné, non?

Je soupire et me laisse retomber sur les oreillers.

— Tu as raison. Ouf, j'ai eu peur.

— Donc tu ne vas rien lui dire? demande Benji.

— Je ne sais pas encore. J'ai eu un A.

— Tu veux dire que j'ai eu un A.

— Exact, mais peu importe. De plus, je crois que s'il avait lu ma rédaction sur Oprah, il m'aurait probablement punie beaucoup plus sévèrement.

— Je ne dirai rien si tu ne dis rien, promet Benji.

— Tu ne m'as toujours pas expliqué pourquoi tu as fait ça.

Benji hausse les épaules.

— Il se passait beaucoup de choses dans ta vie. Je savais que tu allais oublier.

— Alors?

— Alors, je ne voulais pas que tu aies des ennuis. De toute manière, le texte était déjà écrit.

Parfois, on aime tellement une personne qu'on ne trouve pas les mots pour le lui dire sans avoir l'air nul ou sans que ça sonne faux. Si je n'avais pas pleuré tout mon soûl il y a quelques jours, ou si j'étais Mattie Cohen, peut-être, je serais en train de sangloter et de serrer le petit corps maigre de Benji si fort dans mes bras qu'il risquerait de se briser. Mais je suis Clarissa Louise Delaney, alors je le regarde droit dans les yeux et dis :

— Tu peux emprunter mes devoirs quand tu veux pour le reste de nos jours jusqu'à ce qu'on ait fini d'aller à l'école.

J'espère qu'il comprend que ça veut dire tellement, tellement plus.

# Châtiment

Lorsque M. Campbell m'a affectée au *Midi Café*, je me suis dit que ce serait ennuyeux, et que je gaspillerais totalement mon heure de dîner. Et puis, ça ne pouvait quand même pas être aussi terrible. N'importe quoi, sauf devoir raconter à ma mère ce que j'ai fait et être suspendue, non? Non. En effet, M. Campbell a oublié de me dire que pour le reste de l'année, je serai pratiquement l'esclave personnelle de Jessica Riley.

Jessica Riley est la reine de la 8e année, et par conséquent, de toute l'école. Du moins, c'est ce qu'elle croit. Mais ce n'est pas parce qu'on a des cheveux blonds qui ondulent naturellement et qu'on est présidente du conseil étudiant qu'on est la reine de tout. Toutefois, je n'oserais jamais dire ça à Jessica. C'est plus facile de simplement hocher la tête et de faire ce qu'elle me demande. Plus tard, de retour chez moi, je fais des imitations d'elle, au grand plaisir de Benji qui les trouve hilarantes. Par contre, je dois me limiter à une ou deux imitations, car il rit si fort que sa côte blessée lui fait mal. Je crois que c'est une excellente façon de m'exercer à mon futur métier d'actrice.

Au départ, Jessica était excitée d'avoir « une assistante », et elle se déplaçait dans la station de radio à petits pas maniérés, me montrant tout ce qu'il y avait dans la pièce. Mais comme je n'ai pas la permission de toucher au matériel de sonorisation ou d'enregistrement, je n'y ai pas prêté beaucoup d'attention.

— C'est un travail *très important*, m'a dit Jessica en parlant très lentement pour que je comprenne bien à quel point son travail est important. Nous sommes la voix de Ferndale. Les élèves comptent sur nous pour recueillir des histoires intéressantes auxquelles ils s'identifient. Comme l'article que j'ai présenté sur les orphelins gardés dans des cages en Roumanie.

Même si j'en mourais d'envie, je ne lui ai pas demandé comment nous, les élèves de Ferndale, étions censés nous identifier à des bébés roumains. Je parie que la plupart d'entre nous ne pourrions même pas trouver la Roumanie sur une carte. Pas moi, en tout cas. Je me suis aussi mordue la langue pour ne pas lui rappeler que cette histoire-là avait fait pleurer au moins trois personnes, et que M. Campbell avait demandé à l'équipe du *Midi Café* de se concentrer sur des questions d'ici. Je n'ai rien dit de tout ça. Je me suis contentée de répondre :

— D'accord.

— Alors, est-ce que tu as une piste? m'a demandé Jessica.

J'ai haussé les épaules. Jessica a penché la tête de côté d'une façon qu'elle trouve probablement mignonne. Elle a continué d'un ton mielleux :

— J'ai pensé faire un article sur ta mère. Je pourrais vous interviewer ensemble, ta mère et toi, sur votre expérience.

— Non.

Jessica a souri et a mis sa main sur mon épaule. Elle a des dents très blanches. Comme un requin.

— Je comprends, a-t-elle dit. Ce sont sûrement des moments très difficiles pour toi.

Je me suis libérée d'une secousse et lui ai lancé un regard furieux. Son sourire s'est effacé, et elle s'est retournée pour feuilleter sa reliure tapissée de photos de garçons découpées dans des magazines. Pfft.

— Si tu n'as rien à offrir, a-t-elle dit sans lever les yeux, tu peux te rendre utile et faire un *vox pop* sur la semaine de relâche. Demande aux élèves ce qu'ils feront, s'ils vont en voyage, bla bla bla. Et n'interroge pas trop d'élèves de 7e. C'est à peine s'ils peuvent aligner deux mots.

Je n'ai pas relevé cette dernière remarque et j'ai glissé le magnétophone de poche dans mon sac à dos.

— Autre chose? ai-je dit d'une voix douce.

— Oui, a répondu Jessica. Apporte-moi un Coke diète.

Et c'est ainsi qu'a commencé mon châtiment.

\* \* \*

Au lancement du *Midi Café*, les élèves couraient vers Jessica ou vers quiconque était en possession du magnétophone pour donner leur opinion. Maintenant, ils sont un peu blasés, et je dois presque les supplier de parler. Au départ, ce n'était pas évident de marcher vers un groupe d'élèves et de les interrompre pour leur poser des questions, mais c'est devenu plus facile. Quelquefois, Mattie vient avec moi. Elle adore parler aux gens, même aux étrangers.

— Salut! Nous faisons partie de l'équipe du *Midi Café*. Est-ce qu'on peut prendre quelques minutes de votre temps?

Son enthousiasme doit être contagieux, car j'ai toujours plus de chance quand elle m'accompagne. Quand elle n'est pas là, je fais comme si j'étais elle et deviens pleine d'entrain, souriante et totalement dévouée à l'émission. Habituellement, ça marche, même si j'ai l'impression d'être hypocrite. Les élèves n'y voient que du feu.

La plupart des histoires ne sont pas très palpitantes : la 6e A a amassé 1 000 $ pour la Société Alzheimer, l'équipe de hockey en salle organise une vente de pâtisseries maison, les auditions pour la comédie musicale commenceront bientôt. Mais il arrive que je tombe sur quelqu'un qui a une histoire vraiment géniale à raconter. Il y a quelques jours, par exemple, j'ai parlé à un garçon de 6e dont la famille vient d'adopter une petite Chinoise. Aujourd'hui, j'ai fait la connaissance d'un autre élève dont le père est un joueur de curling olympique. Bon, ce n'est pas comme si c'était une vedette du hockey ou un de ces skieurs qui exécutent des figures hallucinantes dans les airs, mais il a quand même participé aux Jeux olympiques. J'ai trouvé cette entrevue assez réussie. Mais que mon histoire soit nulle ou captivante, Jessica m'adresse à peine la parole et ne montre aucun intérêt à mon égard.

— Laisse ça sur le bureau et je demanderai à Mike de s'occuper du montage. J'espère qu'on pourra l'utiliser.

# Chouchou

En classe, je passe une note à Mattie durant un film sur le cycle biologique du saumon. Je dois d'abord la passer à Min qui, en voyant le nom de Mattie écrit de ma main, virevolte sur sa chaise et me dévisage. Elle lève les sourcils d'un air interrogateur.

— Tu t'appelles Mattie? dis-je d'une voix sifflante.

Elle se renfrogne et lève les yeux au ciel.

— Bien sûr que non.

— Dans ce cas, passe le papier.

Min tapote l'épaule de Mattie et lui glisse la note. Mattie la prend, sourit et fait tout de suite semblant de lire son manuel de sciences, laissant ses cheveux retomber sur la page. Min, la fouine, s'étire tant qu'elle le peut sur sa chaise pour tenter de lire la note, mais Mattie est une experte. Autant elle aime faire circuler des notes, autant elle déteste se faire prendre, et elle a perfectionné l'art de lire une note en classe sans se faire prendre.

Au bout d'une seconde, elle griffonne une réponse, s'adosse à sa chaise et fait mine de demander un crayon à Min, en profitant pour lui remettre la note. Min me la passe sous mon pupitre, et je la déplie aussitôt pour lire la réponse de Mattie, écrite au stylo rose, sous mon message original :

*Chère Mattie,*

*Aimerais-tu venir chez moi après l'école?*

*Clarissa*

*J'en serais ravie!!! Il faut seulement que je demande à ma mère!!! Ce sera follement amusant!!*

Sapristi! Même son écriture respire la gaieté.

Lorsque je lève les yeux, Mattie sourit et me fait un signe de la main. Elle se retourne vivement lorsque M. Campbell se racle la gorge, aussitôt absorbée par le saumon qui remonte la rivière. Je parie que si on lui donnait le choix d'être le chouchou du professeur ou la fille la plus populaire de l'école, elle opterait pour le chouchou. Petite fille modèle un jour, petite fille modèle toujours. J'espère que je ne viens pas de commettre une erreur. Je compte un peu sur Mattie pour m'aider à exécuter mon plan et pincer Terry DiCarlo une bonne fois pour toutes. J'imagine que je le saurai après l'école.

* * *

— Alors, as-tu vu Benji? Est-ce qu'il va bien? Quand revient-il à l'école?

— Oui, pas mal et je ne sais pas.

— Est-ce qu'il a quelque chose de cassé?

— Non, mais il a eu l'épaule déboîtée et une côté fêlée.

— Je ne me suis jamais rien cassé. Ma mère dit que la douleur est insupportable. J'ai un seuil de tolérance à la douleur très bas. Je ne pense pas que je pourrais endurer une fracture. C'est pour ça que je bois beaucoup de lait et que j'évite les sports de contact.

— Et la danse, alors?

Mattie fronce les sourcils.

— Quoi, *la danse?*

— Tu pourrais très bien te casser un os en dansant, non?

— Non. Il y a davantage de risque de foulure. Et puis la danse n'est pas un sport, mais plutôt une forme d'art.

Mattie n'a pas cessé de parler depuis qu'on est sorties de l'école. Elle parle de tout et de rien : du temps qu'il fait, de sa mère, de son manteau neuf, de fractures. C'est épuisant. La plupart du temps, je me contente de répondre à ses questions. Benji et moi pouvons passer des heures ensemble et ne dire que quelques mots. C'est peut-être ce qui se produit quand on connaît quelqu'un depuis longtemps : on n'a pas besoin de parler autant parce qu'on devine ce que l'autre pense. Avec Mattie, tout est nouveau. Et, apparemment, tout est matière à conversation.

— Ooh, c'est ici que tu habites? C'est ravissant!

— Tu trouves?

Je m'amuse à regarder ma maison avec les yeux de Mattie. Elle n'est pas très grande et compte un seul étage, en plus du sous-sol. Elle est en briques rose pâle, avec une porte blanche, des volets blancs et des stores blancs aux fenêtres. Au printemps, ma mère plante des géraniums rouges dans les plates-bandes; mais durant l'hiver, le jardin est dénudé, et elle enveloppe les arbustes de sacs de jute pour les protéger du vent et de la neige. Sur la porte de devant, une enseigne est fixée juste sous le heurtoir, et on peut y lire le message suivant : *Aux clientes du Bazar Coiffure : S.V.P., entrez par la porte latérale du côté gauche de la maison.* Je me souviens de ma mère faisant l'enseigne, assise à la table de la cuisine et peignant soigneusement les lettres dans une magnifique teinte de violet que je l'avais aidée à choisir.

Je fais entrer Mattie par la porte latérale et, à sa demande, je lui fais faire le tour du propriétaire.

— Il n'y a pas grand-chose à voir.

Mattie ne semble pas de cet avis. Elle désigne tous les cadres sur le dessus de cheminée et veut savoir qui sont ces personnes sur les photos; elle regarde les livres et les magazines de ma mère et demande à voir notre collection de films. Elle fait même un commentaire sur le tissu des coussins du sous-sol.

— Ma mère les a fabriqués avec ses vieux tee-shirts de concert.

— C'est vrai? Génial! s'exclame Mattie.

— Oui, j'aime bien, en le disant je me rends compte que je le pense vraiment.

— Je peux voir ta chambre?

Je l'y conduis et reste derrière tandis qu'elle examine tout : mon lit (« Tu as un lit bateau? J'ai toujours voulu un lit avec des tiroirs! »), mon secrétaire (« Tout est si propre et bien rangé! Ma mère t'adorerait! ») et mes vêtements dans le placard (« Sans vouloir t'offenser, Clarissa, il faut absolument que tu ailles magasiner. On attend de la fille d'une coiffeuse qu'elle suive davantage la mode. »)

Mattie saute sur mon lit et s'y allonge sur le dos. Je m'assois sur le bord. Ça fait bizarre d'être ici avec quelqu'un d'autre que Benji.

— Hé, est-ce qu'elles brillent dans le noir?

Elle indique les étoiles.

— Avant, elles brillaient, mais plus maintenant.

— Les miennes non plus. Ta maison est franchement super, ajoute-t-elle.

— Merci.

— C'est gentil de m'avoir invitée. Je pensais que tu ne m'aimais pas beaucoup.

Je rougis.

— Ce n'est pas ça, c'est juste que…

Mais elle m'interrompt avant que j'aie terminé.

— Je sais. Ma mère dit que je suis un peu envahissante par moments et qu'il faut que j'apprenne à me calmer avec les jeunes de mon âge.

Que répondre à cela? Je ne peux pas croire que la mère

de Mattie lui parle comme ça, comme si elle était sa thérapeute.

— Oh. Et là, est-ce que tu es détendue?

Mattie sourit et sautille légèrement sur le lit.

— Oui, je le suis!

— Tant mieux. Parce que j'ai besoin de ton aide.

Et je lui fais part du Plan.

\* \* \*

Lorsque j'ai terminé de lui expliquer le Plan, je m'attends à ce que Mattie se lève d'un bond et coure jusque chez elle. Elle tape plutôt des mains et sautille sur le lit de nouveau.

— C'est parfait! s'exclame-t-elle. Justice sera rendue!

— Vraiment? Tu vas m'aider?

J'ai du mal à cacher ma surprise. J'espérais qu'elle me donnerait un coup de main, c'est vrai, mais pour cela Mattie devra enfreindre un tas de ses règles de petite fille modèle. Mattie cesse de sautiller, l'air vexée.

— Bien sûr. Il faut faire quelque chose pour stopper Terreur DiCarlo.

— Hé, Terreur DiCarlo! Elle est bonne, celle-là!

Mattie rayonne.

— Je ne l'ai jamais appelé comme ça à voix haute, avoue-t-elle.

— Ça me plaît. Appelons-le comme ça à l'avenir.

— Ce sera comme un nom de code?

— Ça ne ressemble pas beaucoup à un nom de code, dis-je. C'est trop évident.

Le visage de Mattie s'allonge.

— Oh.

— Mais pourquoi pas, quand on sera juste toutes les deux.

Elle retrouve un peu d'entrain.

— OK! Le Matador et Clarissa s'attaquent à la Terreur!

— Le Matador? dis-je.

Mattie hausse les épaules, l'air un peu embarrassée.

— C'est comme ça que je m'appellerais si j'étais un super héros.

— Et moi, quel serait mon nom?

Mattie s'adosse, incline un peu la tête et m'observe en plissant les yeux.

— Le choix d'un nom de super héros est très important. Il faut qu'il signifie quelque chose à tes yeux, tout en suscitant la peur ou l'admiration de celui qui le prononce.

Ça alors! Elle prend la chose très au sérieux.

— Où as-tu appris tout ça?

Même s'il n'y a personne d'autre autour, Mattie se penche en avant et chuchote :

— Tu veux vraiment le savoir?

Je fais signe que oui.

— J'adore les magazines de bande dessinée, me confie-t-elle.

Et parce que jamais je n'aurais pu imaginer la précieuse Mattie Cohen en train de lire une bande dessinée, je rejette la tête en arrière et éclate de rire. Mattie paraît d'abord offusquée, puis elle se détend et commence à rigoler.

— Mais ne le dis à personne!

— Je ne dirai rien, je le jure. Enfin, peut-être que j'en glisserai un mot à Benji. Il adore les bandes dessinées. Tu devrais voir sa collection. Il dessine même ses propres personnages.

— On pourrait peut-être écrire une BD ensemble.

— Peut-être.

— Maintenant, réfléchis, dit Mattie. Il faut te trouver un nom. As-tu un super héros préféré?

— Pas vraiment.

— Un animal favori?

— Peut-être, dis-je, hésitante. J'ai toujours aimé les aigles.

Le visage de Mattie s'illumine.

— Oooh, l'aigle serait parfait. Puissant et majestueux. Il lui manque un petit quelque chose, par contre. L'Aigle, ce n'est pas assez frappant.

Mon regard se pose sur *Le magicien d'Oz* qui attend sur ma table de chevet et je propose :

— Que dirais-tu de… l'Aigle d'émeraude?

— C'est parfait! s'écrie Mattie. J'imagine déjà ton costume et tout.

J'ai presque peur de lui demander ce qu'elle a en tête.

— C'est vrai? De quoi aurait-il l'air?

— Il serait vert, bien entendu, avec une longue cape à plumes et des serres qui se rétractent…

— Non, désolée. Je suis allergique aux plumes.

Cette information la fait tiquer.

— Un aigle allergique aux plumes?

Nous nous fixons pendant un instant avant d'attraper le fou rire. Nous nous roulons sur le lit, riant jusqu'à en perdre le souffle. Mattie s'assoit et essuie ses larmes.

— Clarissa, est-ce qu'on peut aller visiter le salon de ta mère?

— Bien sûr!

* * *

Je ne suis pas entrée dans le salon depuis que ma mère est partie. J'avais oublié à quel point il peut être accueillant et ensoleillé. Mattie est presque aux anges, humant les produits pour les cheveux, essayant les fauteuils, alignant tous les ciseaux et les peignes.

— C'est absolument génial d'habiter un endroit pareil.

Est-ce que tu vas devenir coiffeuse aussi?

— Non. Je veux être actrice.

Ça me fait tout drôle de le dire à haute voix. Je n'en ai jamais parlé à qui que ce soit, sauf à Benji. Je ne sais pas pourquoi je l'ai dit à Mattie, elle qui est incapable de garder un secret, mais c'est sorti tout seul. Mattie réfléchit et m'examine de la tête aux pieds.

— Ma cousine a tourné un message publicitaire une fois. Toutes les grandes vedettes de cinéma ont commencé par la pub. Mais tu es plus belle qu'elle, alors ce sera probablement plus facile pour toi.

— Merci.

Ça ne me paraît pas suffisant comme réponse. Suis-je censée lui dire qu'elle est belle aussi?

— Et toi? dis-je plutôt.

— Je veux être psychologue pour enfants.

Je sens mes sourcils se lever, mais je me concentre pour qu'ils redescendent. Aussi normalement que possible, je parviens à lâcher un :

— Oh?

— Tous les jours, ma mère voit de plus en plus d'enfants en difficulté à l'hôpital. Elle dit que les psychologues et les travailleurs sociaux sont débordés, et je trouve ça extrêmement malheureux.

— Ça alors, c'est formidable.

Mattie sourit fièrement.

— Merci. Je veux vraiment aider les autres.

Je suis convaincue qu'elle dit vrai. Aussi agaçante et autoritaire qu'elle puisse être, Mattie essaie toujours de se rendre utile. Le problème, c'est peut-être qu'elle n'aide pas les bonnes personnes, ou qu'elle n'a pas trouvé la bonne façon de les aider. On ne peut pas la blâmer pour ça.

— Je crois que tu feras une excellente psychologue pour enfants, dis-je en toute sincérité.

Mattie arbore un si grand sourire que je ne peux pas m'empêcher de sourire aussi.

— Toc toc.

Denise se tient sur le seuil de la porte et me regarde d'un air interrogateur. Mattie se lève aussitôt et se dirige vers Denise d'un pas décidé, l'accueillant d'un sourire et d'une main tendue.

— Bonjour, je suis Mattie Cohen, une camarade de classe de Clarissa.

Denise n'est pas aussi douée que moi pour contrôler les mouvements de ses sourcils. Ceux-ci se confondent presque avec ses cheveux tellement elle paraît surprise. Denise serre la main de Mattie tout en jetant un regard vers moi. Je fais mine d'examiner mes ongles.

— Une camarade de classe, bien sûr. Je suis Denise Renzetti, une amie de la mère de Clarissa et la directrice régionale des ventes pour les produits Mary Kay.

Mattie pousse un petit cri de joie.

— C'est vrai? J'adore Mary Kay!

Denise est ravie.

— Ah bon?

Mattie agite ses doigts devant Denise afin qu'elle inspecte ses ongles.

— Opalescence, couleur numéro 46, annonce-t-elle.

Mattie applaudit.

— Comment avez-vous deviné?

— C'est mon travail! Je suis une professionnelle.

Sapristi!

— Hé, les filles, ça vous dirait, une petite mise en beauté?

demande Denise.

— Oh, oui, s'il te plaît! Est-ce qu'on peut, Clarissa?

— Je ne sais pas…

Mattie m'agrippe le bras et tire.

— Je t'en prie, je t'en prie, je t'en prie! supplie-t-elle en faisant de petits bonds. Ce sera vachement amusant!

— Bon, d'accord. Mais pas de ligneur liquide. Je déteste ça.

— Pas moi, dit Mattie, les yeux brillants. J'adore!

Denise enlève sa veste et retrousse les manches de son chemisier.

— Très bien, mesdemoiselles, assoyez-vous. Bienvenue au spa « Chez Denise ».

Elle ouvre sa mallette rose et nous laisse choisir une teinte de vernis tandis qu'elle monte chercher son arsenal.

Entre Denise et Mattie, je ne saurais dire qui est la plus excitée.

— Denise est vraiment sympa, dit Mattie en réglant la radio sur une bonne station. Merci de m'avoir invitée!

— De rien.

— Ce sera tellement amusant!

Et étonnamment, ce l'est.

Lorsque Denise est en mode Mary Kay, elle passe moins de temps à faire de mauvaises blagues et à se plaindre de sa vie amoureuse. Elle parle plutôt de l'importance d'accentuer nos pommettes, d'utiliser la bonne nuance d'anticernes et de faire ressortir nos yeux.

— C'est comme faire de la peinture, fait remarquer Mattie.

— Exactement, approuve Denise. Il faut préparer sa toile et utiliser le bon pinceau pour obtenir l'effet voulu.

Denise va et vient entre Mattie et moi d'un air affairé,

scrutant nos pores et tournant nos mentons d'un côté et de l'autre pour mieux examiner nos profils. Elle a fait pivoter nos chaises, alors on ne peut pas suivre la métamorphose dans le miroir.

— Il faut garder la surprise pour la fin, dit Denise.

— Comme à la télé! renchérit Mattie.

Je commence à m'impatienter. Denise met un temps fou à maquiller Mattie. De combien de couches de mascara une fille a-t-elle besoin?

— Et c'est… terminé! lance Denise.

— Est-ce qu'on peut regarder? demande Mattie.

Denise recule et désigne le miroir d'un geste.

— Je vous en prie!

Mattie se tourne vers moi et sourit.

— À trois. Un, deux, trois!

Ça alors! Je ne peux pas croire que c'est moi dans le miroir. Mes yeux sont immenses. Le fard que Denise a appliqué les fait paraître verts plutôt que brun terne. Je n'avais jamais remarqué avant à quel point mes yeux tirent sur le vert. Ils sont jolis.

Mattie fait gonfler ses cheveux et tourne la tête à gauche et à droite, portant attention à chaque détail de sa métamorphose.

— J'adore! jubile-t-elle. Je me sens comme une vedette de cinéma! On me donnerait facilement 16 ans!

Seize ans est un peu exagéré, mais c'est vrai qu'elle paraît plus âgée, et très sophistiquée. Moi aussi, d'ailleurs.

— Tu es magnifique, Clarissa! Attention, Hollywood!

— Toi aussi, tu es superbe.

— Prenons une photo de vous deux, et on l'enverra à ta mère, propose Denise. Je sais qu'elle serait ravie de te voir toute pomponnée, Clarissa.

Mattie passe son bras autour de moi et affiche son sourire le plus éclatant. Je me raidis un peu. Ça me fait bizarre de la sentir si près de moi, comme si on était de bonnes amies depuis toujours. Denise fronce les sourcils.

— Pour l'amour du ciel, Clarissa, ce n'est pas une photo pour la police.

— Elle a raison! C'est une photo de vedette! lance Mattie.

Puis elle me souffle à l'oreille, de sorte que je suis la seule à l'entendre :

— Matador et l'Aigle d'émeraude conquièrent le monde, un cil à la fois!

C'est plus fort que moi, je souris. Mattie peut être assez comique quand elle le veut.

— Voilà! dit Denise. Maintenant, il me reste à trouver comment télécharger ce fichu truc, et je lui enverrai ce soir.

— Un gros merci, Denise. C'était drôlement agréable! Comme je regrette de devoir enlever mon maquillage. J'aurais tellement aimé arriver à l'école comme ça demain matin. Tu imagines? Amanda en mourrait!

\* \* \*

— Est-ce que tu es maquillée?

— Oui. Mattie est venue, et Denise nous a offert une métamorphose.

Benji a les yeux pratiquement sortis de la tête.

— Mattie est venue?

— Et alors?

— Et tu as laissé Denise toucher ton visage?

— Qu'est-ce que ça peut faire?

— J'ai l'impression que le monde entier se transforme autour de moi, déclare Benji. Quand je retournerai à l'école, tu seras mariée avec Michael Greenblat.

Normalement, je lui aurais donné une claque, mais je me retiens à cause de ses blessures. J'ignore plutôt sa remarque, comme une personne responsable qui se comporte en adulte. Peut-être que c'est le maquillage absorbé par ma peau jusque dans mon cerveau qui me rend aussi raisonnable.

— Quand vas-tu revenir?

Benji a l'air mal à l'aise.

— Je ne sais pas encore.

— Tu ne peux pas rester chez toi pour le reste de tes jours.

— Je sais. Je crois que j'ai attrapé la grippe.

Benji se tortille comme s'il essayait de disparaître parmi ses oreillers. Son regard lointain me dit qu'il pense à l'agression. Il refuse toujours d'aborder la question. Mme Stremecki, la conseillère d'orientation, m'a expliqué que lorsque l'on parle de quelque chose qui nous tracasse, on permet aux autres de prendre une partie de notre fardeau, et que même si c'est difficile, ça soulage aussi. C'est ce qu'elle m'a dit quand elle tentait de me faire parler du cancer de ma mère. Sur le coup, je croyais que c'était n'importe quoi, mais je me demande maintenant si elle n'avait peut-être pas raison.

J'aimerais bien que Benji me raconte ce qui s'est passé pour prendre une partie de son fardeau. Mais pour l'instant, il reste au lit avec cette lueur effarouchée au fond des yeux. Ça me met en rage. Ça me donne envie de tuer Terry DiCarlo. Mais maintenant que Mattie est au courant du Plan, les choses semblent enfin vouloir s'arranger.

# Ceinture

Samedi, Mattie vient dîner chez moi. Elle arrive vêtue d'un chemisier, d'une veste, d'une jupe plissée en tissu écossais et de bas aux genoux. Je ne pense pas l'avoir jamais vue en pantalon.

— Préparons des biscuits pour Benji! dit-elle.

— On ne fait jamais ça ici. On n'a probablement pas tout ce qu'il faut.

— On pourrait utiliser une préparation, suggère Mattie. Il suffit d'ajouter de l'eau, des œufs et de l'huile. Tout le monde a ça chez soi. Tu n'as qu'à remuer le tout et déposer le mélange par cuillerées sur une plaque à biscuits. Je l'ai fait des millions de fois.

— Je ne pense pas qu'on ait de plaque à biscuits.

Mattie est estomaquée.

— Une maison sans plaque à biscuits? Ce n'est pas possible. Tout le monde en a une. Si j'avais su, j'aurais apporté l'une des nôtres.

Elle en possède plus qu'une? Je fouille dans les tiroirs sous le comptoir, ceux que nous n'ouvrons jamais. J'y trouve un vieux mélangeur vert lime, des contenants en plastique sans couvercle et une pelle à poussière. Je crois bien que ma mère a des moules à tarte en aluminium quelque part par ici. Ah, ah!

— Et ça, ça irait?

Mattie est incrédule.

— Vous n'avez pas de plaque à biscuits, mais vous avez tout un paquet de moules à tarte?

— Ils sont parfaits pour mélanger les teintures.

Mattie examine les moules et décide que ça fera l'affaire.

— Maintenant, il ne nous manque que la préparation.

— Et les œufs, dis-je.

— Heureusement pour nous, ils ont tout ça au dépanneur. Allons-y!

\* \* \*

Finalement, c'est assez facile de faire des biscuits, surtout quand quelqu'un vous dit quoi faire. Nous préparons tout un lot de délicieux et tendres biscuits à l'avoine avec beaucoup de pépites de chocolat. Nous en avons rajouté, car Mattie affirme que les fabricants de préparations à biscuits ont la main légère avec les pépites de chocolat. Certains de nos biscuits contiennent tellement de pépites qu'elles ont fondu et forment un gros centre en chocolat fondant. Divin. Ils sont en train de refroidir lorsqu'on sonne à la porte.

Je vais ouvrir et aperçois Michael Greenblat sur le pas de la porte.

— Oh, salut, Clarissa.

— Michael?

— Désolé d'être en retard.

Je cligne des yeux.

— En retard pour quoi?

— Mattie a dit de venir vers 14 heures.

— Mattie a dit ça?

Tout à coup, Mattie surgit à côté de moi et entraîne Michael dans la maison.

— Salut, Michael! Je suis très contente que tu sois venu! Entre.

— Mais…

— Tu veux un biscuit? Clarissa et moi venons de les faire.

Mattie lui tend une assiette de biscuits et sourit lorsque Michael en prend deux et les fourre aussitôt dans sa bouche.

— Merci, marmonne-t-il, la bouche pleine de biscuits.

Du moins, je crois que c'est ce qu'il a dit.

— On les a faits pour Benji, dis-je.

Mais Mattie me tire à l'écart et m'indique de me taire tandis que Michael enlève son manteau et ses bottes et les laisse par terre près de la porte.

— Chuuut! Le chemin pour toucher le cœur d'un homme passe par son ventre.

— Qu'est-ce tu veux dire par là? Tu crois que Michael me plaît? Ce n'est pas le cas. C'est lui qui…

Mattie croise les bras et lève les yeux au ciel.

— Laisse tomber, dit-elle. L'important, c'est qu'il soit là pour nous aider.

— Pour quoi?

Michael est de retour dans l'entrée de la cuisine, les mains dans les poches, comme s'il se demandait s'il doit entrer ou non. Mattie est tout sourire tandis qu'elle s'affaire dans la cuisine comme si elle habitait ici.

— Veux-tu un verre de lait? demande-t-elle.

— Oui, s'il te plaît, répond Michael.

— On devrait peut-être s'installer dans le salon, propose Mattie. Clarissa, vas-y avec Michael. Je vous rejoins avec le lait.

Je crois que je suis sous le choc. Pour qui se prend-elle? De quel droit me dicte-t-elle ce que je dois faire dans ma propre maison?

— Mais…

— J'arrive tout de suite, dit Mattie.

— Très bien.

Je me dirige vers le salon d'un pas pesant, en ne prenant même pas la peine de vérifier si Michael est derrière moi. Je me sens comme une étrangère sous mon propre toit.

— Assieds-toi, dis-je en me laissant tomber sur un coin du canapé.

Je suis trop en colère pour ajouter quoi que ce soit.

Michael s'assoit à l'autre bout du canapé, les mains sur les genoux. Il a lissé ses cheveux vers l'arrière, et je crois qu'il a mis du gel. Michael n'utilise jamais de gel. Il porte un chandail uni, assez chic, d'ailleurs. Aucune trace du logo des Blue Jays. Il s'éclaircit la voix à quelques reprises avant de demander :

— Comment va ta mère?

— Bien.

— Elle va rentrer bientôt, n'est-ce pas?

Comment le sait-il?

— Dans une semaine.

— C'est super. Est-ce que tu lui parles souvent?

— Je l'appelle quand je veux.

Michael hoche la tête.

— C'est bien.

Mais qu'est-ce que Mattie fabrique? Je n'arrive pas à trouver de sujet de conversation. Je ne suis pas certaine de pouvoir supporter ça encore longtemps. Enfin, elle arrive, donne un verre de lait à Michael et se prend une chaise dans la salle à manger. Elle a l'air très contente d'elle.

— Bon, commence-t-elle. Nous sommes réunis aujourd'hui pour discuter de la situation avec Terry.

Je reste bouche bée.

— Tu lui as dit?

Mattie rejette ses cheveux par-dessus son épaule.

— On n'y arrivera pas toutes seules, raisonne-t-elle. De plus, Michael veut nous aider. N'est-ce pas, Michael?

Ce dernier prend le temps de respirer après avoir bu son verre de lait d'un trait.

— Terry est une ordure, dit-il en essuyant du revers de la main la moustache de lait sur sa lèvre supérieure. Je n'ai jamais aimé ce gars-là.

— Je ne peux pas croire que tu lui as dit.

Michael a l'air blessé.

— Sans vouloir te froisser, dis-je rapidement. Seulement, c'était mon plan, et c'était secret. Et voilà que Mattie est allée raconter ça à tout le monde.

— Pas à tout le monde, rien qu'à Michael! insiste Mattie.

— Je n'aurais jamais dû t'en parler.

— Clarissa, tu ne peux pas toujours tout faire toute seule, Mattie réplique.

— Ce n'est pas ce que je fais, non plus!

— Non, en effet. Tu fais tout avec *Benji*. Benji et toi, vous avez votre petit club privé, poursuit-elle. C'est à peine si vous adressez la parole aux autres. C'est comme si personne n'était assez bien pour vous.

— Ce n'est pas vrai.

Mais je vois bien à l'expression de Michael qu'il est d'accord avec Mattie. Il devient rouge et enfourne un autre des biscuits de Benji. Et soudain, je comprends tout. Ils nous prennent pour des snobs. Ils me prennent pour une snob. Cette pensée est tellement ridicule que j'ai envie de rire.

— Benji est mon meilleur ami.

— Et alors? Ça ne t'empêche pas d'avoir d'autres amis, souligne Mattie.

Je ne comprends pas pourquoi c'est si important pour elle. Qu'est-ce que je lui ai donc fait à part l'éviter et me moquer d'elle dans son dos? Pourquoi tient-elle autant à devenir mon amie si je suis si snob? Mattie soupire.

— Écoute. Ton plan est bon, mais il nous faut des renforts.

— C'est ce que tu dis.

— Très bien. Nous allons voter. Tous ceux qui croient que Clarissa Delaney se comporte en bébé et a besoin de toute l'aide possible, dites oui. Oui!

La main de Mattie monte en flèche. Michael a l'air coupable, mais il lève la main et bredouille quelque chose qui ressemble aussi à oui.

— Ce n'est pas juste…

— Navrée, Clarissa, m'interrompt Mattie. Nous vivons au Canada, et le Canada est une démocratie. Le peuple s'est exprimé.

Je suis presque certaine qu'elle a entendu ça dans une vidéo qu'on a été forcés de regarder en histoire.

— J'ai apporté mon journal pour qu'on puisse prendre des notes. Ensuite, je les taperai et vous les enverrai par courriel.

\* \* \*

La brillante idée que j'ai eue est maintenant devenue l'affaire de Mattie, Michael et moi. Demain, c'est le grand jour et, bien qu'il soit minuit passé, je ne dors pas encore, trop occupée à repasser le Plan dans ma tête. Il y a tant de choses qui pourraient mal tourner. Avant, quand j'étais seule, il n'y avait que moi qui pouvais tout faire rater.

Maintenant que nous sommes trois, le risque que quelque chose cloche est multiplié par trois. Ou à peu près. Tout ce que je sais, c'est que certaines parties du plan ne relèvent pas de moi, et ça me rend nerveuse.

Denise et moi décidons de ne pas mettre ma mère au courant à propos de l'agression de Benji. Nous sommes toutes les deux d'accord pour dire qu'elle serait bouleversée et qu'elle ne peut rien faire de là-bas, à Hopestead. Nous décidons de ne pas lui en parler avant son retour. N'empêche que j'aimerais tellement lui parler du Plan et l'entendre me dire que c'est une bonne idée et que tout ira bien. Mais avant tout, je veux qu'elle se concentre sur sa guérison. Elle a déjà assez de soucis comme ça sans devoir imaginer Benji blessé et couvert de bleus, et s'inquiéter pour moi qui me lance aux trousses de Terry DiCarlo.

Toutes les éventualités que je redoute prennent de l'ampleur dans ma tête, au point que je songe à me lever et à téléphoner à Mattie pour lui dire que tout est annulé. J'ai besoin de quelque chose pour me calmer, quelque chose qui me redonnera un sentiment de puissance. L'Aigle d'émeraude a besoin d'un talisman qui lui portera chance. Je me glisse dans la chambre de ma mère et ouvre le placard où elle range ses ceintures. Dans l'obscurité, elles ressemblent à des serpents morts accrochés là pour repousser les intrus. Même si je ne l'ai pas portée depuis plus d'un an, j'éprouve toujours le même sentiment en la voyant : la ceinture magique de Dorothée pend là, comme un banal accessoire. Avant, Benji et moi croyions que rien de mal ne pouvait arriver à la personne qui la portait. C'était à la fois un porte-bonheur, une baguette magique et un bouclier protecteur. Je ne suis pas stupide. Je sais que ce n'est qu'une vieille ceinture, et je ne crois pas du tout à la magie. Mais lorsque je la passe autour de ma taille, je me sens un peu plus courageuse.

# Confession

Ce lundi commence comme tous les autres lundis, sauf que Benji est toujours chez lui en convalescence, que ma mère est à London avec des tubes dans les bras et que je marche jusqu'à l'école avec Mattie Cohen.

— Je suis tellement excitée, pas toi? Je suis nerveuse aussi, mais tellement excitée!

Mattie est ce qu'on appelle une personne du matin. Le fait de la côtoyer si tôt dans la journée m'épuise et me donne envie de retourner sous les couvertures pendant deux heures de plus.

— On ne devrait peut-être pas marcher ensemble jusqu'à l'école, dis-je.

Mattie cesse de gambader et fait la moue.

— Pourquoi pas?

— On ne marche jamais ensemble jusqu'à l'école. Ça pourrait paraître suspect.

— Peut-être pas si on parle d'un travail scolaire.

Ainsi, pour le reste du trajet, Mattie et moi avons une conversation très animée portant sur le procès de Louis Riel; nous nous demandons, entre autres, si oui ou non il aurait dû être pendu. Quand nous arrivons à l'école, elle court rejoindre Amanda et Min tandis que je m'assois sur les marches de l'entrée en attendant la sonnerie. Je promène mon regard dans la cour et repère Michael adossé à un mur près du terrain de basket, juste à côté de Terry. J'inspire profondément et, au moment où mon ventre se gonfle, je sens la ceinture magique de Dorothée serrée autour de ma taille, bien cachée sous mon tee-shirt à rayures et mon chandail molletonné, là où moi seule le sais.

* * *

À la pause, Michael Greenblat se pointe à mon casier. Il s'éclaircit la gorge et dit :

— Salut, Clarissa. Je t'ai fait une copie de la chanson que tu voulais.

Je souris et prends le CD, comme si c'était tout naturel.

— Oh, merci, Michael.

— De rien.

Il reste là un peu plus longtemps que nécessaire et ajoute :

— Bon, je ferais mieux d'aller chercher mes vêtements d'éduc. On se revoit en classe.

— À plus.

Je le salue de la main et range le CD dans la pochette à glissière à l'intérieur de mon sac à dos, essayant de ne pas penser à cette fraction de seconde durant laquelle nos mains se sont touchées.

* * *

Vingt minutes après le début de la partie de basket durant le cours d'éducation physique, je tombe soudain à genoux. Mme Gillespie donne un coup de sifflet, et le jeu s'arrête autour de moi. Mattie est la première à mes côtés. Elle pose sa main sur mon front et fait claquer sa langue.

— Son front est tout chaud et moite. Je pense qu'elle a de la fièvre.

Mme Gillespie fronce les sourcils.

— Qu'est-ce qui ne va pas, Clarissa? Te sentais-tu bien ce matin?

Je gémis et secoue la tête.

— J'avais mal à la tête, mais je croyais que ça irait. Je vois que je me suis trompée.

— Elle ferait mieux d'aller au bureau de l'infirmière, madame Gillespie. Elle pourrait s'évanouir.

Mme Gillespie semble réfléchir.

— Peut-être qu'elle est contagieuse! continue Mattie.

Je feins d'avoir un haut-le-cœur et plaque ma main sur ma bouche. Quelques élèves reculent.

— Dégoûtant, murmure l'un d'eux.

— Très bien, Mattie, accompagne-la au bureau de l'infirmière.

— Oui, madame Gillespie.

Mattie m'aide à me relever. Je passe mon bras autour de ses épaules et la laisse m'entraîner vers la porte. Une fois que nous sommes hors de vue, Mattie glousse.

— J'étais terriblement nerveuse. J'ai failli vomir, dit-elle.

Je lève les yeux au ciel. Débutante.

— Viens, on n'a pas beaucoup de temps!

Je lui agrippe le bras, et nous courons sans bruit dans les couloirs. Nous prenons soin de nous baisser devant les portes des classes. Après tout, nous enfreignons la règle qui interdit de courir dans les couloirs. Sans parler de celle qui interdit de sécher les cours. Mais même les super héros transgressent les règles parfois, et nous ne sommes plus Mattie Cohen et Clarissa Delaney, misérables élèves de 7e. Nous sommes le Matador et l'Aigle d'émeraude, et rien ne peut nous arrêter.

\* \* \*

Mattie s'assoit à l'extérieur de la station de radio. Elle a apporté sa reliure pour faire croire qu'elle étudie dans le

corridor. Si je l'entends siffler les premières mesures de Ô
*Canada*, ça voudra dire que quelqu'un vient et que je dois me
cacher. Je regarde des deux côtés du couloir, puis me tourne
vers Mattie. Elle lève le pouce en signe d'encouragement,
et je me glisse dans le local.

— Qu'est-ce que tu fais ici?

Je manque de sauter au plafond. Jessica Riley est déjà
là, suçant une pastille et se gargarisant avec de l'eau. Elle
prétend que ça rend la voix plus « radiophonique ».

— Qu'est-ce que tu fais ici? répète-t-elle en regardant
d'un œil mauvais mes vêtements d'éduc mouillés de sueur.

« Sois brave. Tu es l'Aigle d'émeraude. Pense aux citoyens
moins choyés de Ferndale. Pense à Benji! »

— Je… j'ai oublié de remettre le segment d'aujourd'hui.

Je fouille dans mon sac et sors le CD, intitulé *Ce que
vous ne savez pas sur Ferndale, épisode 4.*

Le titre est fraîchement écrit et l'encre, à peine sèche. J'ai
partiellement effacé le C du *Ce* avec mon pouce. J'espère
qu'elle ne le remarquera pas.

— C'est ce qu'on appelle être à la dernière minute,
n'est-ce pas? dit Jessica. Honnêtement, je ne peux pas croire
que M. Campbell te confie quelque chose d'aussi important
que la station de radio.

Elle ouvre un tiroir sous la console.

— Tous les segments sont rangés ici.

Je me faufile devant elle et parcours les CD tandis qu'elle
se met à faire des vocalises. On dirait une vache qui agonise
ou un phoque qui aboie, c'est selon. Ah, ah! Le voilà. Je
rejette mes cheveux par-dessus mon épaule pour m'assurer
que Jessica ne me regarde pas. Je remplace ensuite le CD
original par celui que Michael m'a remis et me dirige vers

la porte.

— Bonne émission, Jessica. Tu as l'air en forme.

Jessica me lance un regard furieux lorsque je sors. Mattie bondit sur ses pieds.

— J'ai entendu des voix! chuchote-t-elle.

Je lui saisis le poignet et l'entraîne dans le couloir.

— Jessica était là…

— Quoi?

— Ne t'inquiète pas, j'ai réussi. Tout va bien. Mais il s'en est fallu de peu.

— C'est trop stressant, je ne pourrai pas jouer les super héros encore longtemps, déclare Mattie.

— Ne t'en fais pas, Matador, nous touchons presque au but.

\* \* \*

Lorsque j'arrive à la cafétéria, je suis complètement hors d'haleine et trop nerveuse pour avaler une seule bouchée de mon dîner.

— Boooon après-midi, Ferndale! Vous écoutez le *Midi Café*! Je suis Jessica Riley, et les membres de l'équipe de la station de radio et moi voulons mettre un peu de piquant dans votre repas! Commençons avec le quatrième des six épisodes de la série : *Ce que vous ne savez pas sur Ferndale*.

Au début, les élèves continuent de parler, couvrant le bruit de la radio avec leurs cris et leurs imitations de la voix de poseuse de Jessica Riley. L'attrait de la nouveauté de la station de radio de l'école est passé depuis longtemps. Mais quand les élèves reconnaissent les voix et se rendent compte qu'il ne s'agit pas de l'émission habituelle, le silence tombe sur la cafétéria.

— T'es dingue ou quoi? Jason Armstrong n'aurait pas pu le faire pour un million de dollars. Il n'a rien dans le ventre, il fait seulement ce que je lui dis de faire. C'est moi qui ai battu ce petit morveux. Tout le monde le sait. Mais personne n'est assez bête pour aller le dire à Donner. Ce minus a ma signature imprimée partout sur sa petite face piteuse.

La voix de Terry emplit le silence, résonnant dans tous les coins de la cafétéria. L'enseignante qui surveille le dîner est au bord de la crise de nerfs, essayant à la fois de biper le secrétariat et de baisser le volume du système radio. Mattie me prend la main sous la table et la serre fort.

On entend ensuite la voix de Michael, un peu étouffée, mais audible.

— Tu ne regrettes même pas un peu? Il a été à l'hôpital et tout.

— C'est tant pis pour lui. Ça lui apprendra à me dénoncer. Personne ne dénonce Terry DiCarlo. De toute façon, il n'est pas normal. Enfin, l'as-tu déjà vu avec d'autres gars à faire des choses comme tous les gars normaux? Non. Il n'a pas d'amis, juste cette fille, la folle qui se croit bien maligne, la grande. Comment elle s'appelle déjà?

— Clarissa.

Ça me fait drôle d'entendre mon nom dans les haut-parleurs. Un frisson me parcourt le dos, et je sens les yeux de tout le monde dans la cafétéria rivés sur moi.

— Peu importe son nom, elle a une grande gueule. Elle ferait mieux de se surveiller, sinon je la tabasse aussi. Je me fiche qu'elle soit une fille.

Michael dit quelque chose, mais je n'arrive pas à distinguer les mots.

La voix de Terry retentit de nouveau.

— Tu as un problème ou quoi? C'est ta petite amie? Oh,

attends… peut-être que tu es amoureux de lui. C'est ça? Qu'est-ce qu'il y a? C'est ton petit copain que j'ai envoyé à l'hôpital? C'est ça, l'histoire? Je t'ai assez vu. Fous le camp.

Tout le monde reste silencieux. Au bout d'une seconde, la voix enjouée de Jessica Riley se fait entendre à nouveau, et elle babille à propos de la semaine de relâche et de la pièce de théâtre de l'école. Elle parle encore plus vite que d'habitude. De nombreux élèves s'agglutinent autour de la table de Michael. Ils ont reconnu sa voix et le bombardent de questions. Michael lève les yeux, et nos regards se croisent une seconde avant qu'il se détourne et esquive leurs questions d'un haussement d'épaules, comme s'il n'y avait pas de quoi en faire tout un plat. Un élan d'affection pour Michael Greenblat (pas tout à fait de l'amour) me gonfle soudain le cœur. Michael Greenblat le garçon aux cheveux ébouriffés, le courageux, celui sur qui l'on peut compter.

— On a réussi! s'exclame Mattie, assise à côté de moi.

Sa voix perçante résonne dans mon oreille. Son haleine sent le yogourt aux fraises.

— Je n'arrive pas à croire qu'on ait réussi!

# Complices

— Clarissa, quand je t'ai demandé de donner un coup de main à la station, ce n'était pas tout à fait ça que j'avais en tête.

Pour la deuxième fois en une semaine, je suis assise à mon pupitre après l'école, face à M. Campbell. Mais cette fois, il aura beau me sermonner, rien ne pourra me faire regretter ce que j'ai fait. Ce que Mattie, Michael et moi avons fait. Le Trio du Tonnerre, les Trois Triomphants. Quel que soit le verdict de la direction, j'ai redressé un tort et libéré l'école publique de Ferndale de la peur. Mattie a raconté à presque toute l'école que j'étais le cerveau de l'opération, et que c'est moi qui ai échangé les CD avant le dîner. Il y a tout un groupe d'élèves qui m'attendent dans la cour d'école, prêts à voler à mon secours si Terry ou l'un de ses amis m'importune. Je suis une martyre, prête à mourir pour ma cause.

— Si ce sont des excuses que vous voulez, vous n'avez qu'à me coller une retenue ou à me suspendre tout de suite, dis-je bravement. Car je n'ai pas le moindre regret.

M. Campbell paraît amusé.

— Clarissa, je ne vais pas te suspendre. Malgré tes méthodes disons… peu orthodoxes, en principe tu n'as enfreint aucune règle.

Je me retiens pour ne pas afficher un sourire satisfait. C'était ça, la beauté du Plan. Tout était parfaitement règlementaire. En tant qu'assistante, je me devais de fournir des segments intéressants pour le *Midi Café*. Mission accomplie.

— Je regrette simplement que tu ne te sois pas confiée à moi ou à un autre enseignant d'abord.

Constatant que je ne dis rien, M. Campbell poursuit.

— L'école a une politique de tolérance zéro concernant l'intimidation. Si toi ou Benji étiez venus m'en parler, j'aurais pu vous aider plus tôt.

Je pousse un grognement de mépris.

— Comment?

— Il y a des mesures que l'on peut prendre dans ces cas-là.

— Vous n'auriez réussi qu'à aggraver les choses! Dès que les enseignants s'en mêlent, c'est pire. Terry aurait été encore plus enragé.

— J'imagine qu'il doit être assez furieux en ce moment même.

— Mais au moins, je ne l'ai pas dénoncé. Pas dans les faits. S'il ne s'en était pas vanté, il ne se serait jamais fait prendre. C'est sa faute.

M. Campbell lève les mains pour me montrer qu'il ne me fait pas de reproches.

— Je ne dis pas le contraire, Clarissa. Et je ne prétends pas comprendre toutes les subtilités de la justice qui existe entre jeunes de 7e année. Je veux seulement que tu saches que tu n'as pas à affronter une brute toute seule.

— Je n'étais pas toute seule.

M. Campbell hausse les sourcils, mais ne me demande pas de nommer mes complices. De toute évidence, Michael a déjà été interrogé et a admis son implication. Il s'est dit fier d'avoir participé à l'exécution du plan. Mattie m'a demandé de ne pas mentionner son nom. Je me suis dit que c'était la moindre des choses.

— Très bien. À l'avenir, tiens-moi au courant de tout problème. Pour l'instant, j'ai bien peur de devoir reprendre la clé du local de la station. Même si j'admire ton courage, je ne peux pas approuver ceux qui font justice eux-mêmes.

Je ne suis pas tout à fait certaine de ce qu'il veut dire, mais je sais que je ne serai pas punie et c'est tout ce qui compte. Je me lève.

— Je peux partir?

— Oui, tu peux.

Dehors, Mattie, Michael et quelques autres élèves de la classe m'attendent sur les balançoires. Ils bondissent en me voyant sortir.

— Alors? demande Mattie.

— Alors, rien. Je suis libre!

Mattie brandit le poing et s'écrie :

— Justice!

Les autres poussent des cris de joie et des hourras, et mon sourire est si radieux que j'en ai mal aux joues.

* * *

— Et c'est tout? s'étonne Benji. Pas de retenue, pas de travaux supplémentaires?

— Rien! dis-je gaiement. Et quand tu reviendras, plus de Terry DiCarlo! Il a été renvoyé!

Benji sourit. Ses bleus sont passés du violet au vert, puis du vert au jaune, et la coupure sur sa lèvre a guéri. On ne peut pas dire qu'il respire la santé, mais Benji n'a jamais eu le teint très rosé.

— Quand reviens-tu à l'école? Demain?

— Peut-être, répond Benji.

— Tu ne peux pas rester au lit pour toujours. Et puis Michael a dit qu'il veillerait sur toi.

Un grand sourire se dessine sur le visage de Benji.

— Michael a dit ça?

Je rougis jusqu'aux oreilles.

— C'est gentil de sa part! dis-je sèchement.

— Vous êtes sortis ensemble?

— Non, il m'a seulement donné un coup de main pour le Plan. Ce n'est pas comme si on dînait ensemble ou qu'on revenait de l'école main dans la main!

— Ça viendra, prédit Benji.

Mais avant qu'il ait pu ajouter quoi que ce soit, je le frappe avec un oreiller. Il n'est quand même pas amoché au point de ne pouvoir participer à une petite bataille d'oreillers!

# Câlin

— Où est le jus?

— Tu m'as dit d'apporter de quoi grignoter, fait remarquer Mattie.

— Je t'ai demandé d'apporter des *rafraîchissements*.

Mattie est indignée.

— C'est ce que j'ai fait, dit-elle en faisant la moue. J'ai préparé des biscuits personnalisés! J'ai même fait un A comme Annie avec des bonbons.

— Je ne t'ai pas demandé de faire des A, mais d'apporter des *rafraîchissements*, ce qui inclut les boissons!

— Navrée, mais tu n'as pas spécifié ce que tu voulais.

Super. Les invités sont tous arrivés, ma mère et Denise seront là d'une minute à l'autre, et nous n'avons rien à boire.

— Il y a du jus de pomme dans le frigo, dit Benji.

Mattie est consternée.

— C'est tout?

J'ouvre le réfrigérateur et fouille partout sur les tablettes.

— C'est tout, dis-je. Il faudra s'en contenter.

Franchement. Quel genre d'hôtesse n'a rien à offrir à boire à ses invités? C'est Mattie qui a pensé à faire des biscuits, mais c'est moi qui ai eu l'idée de la fête-surprise. Ma mère rentre de Hopestead, et je tenais à lui réserver un accueil royal. Denise a invité quelques amies de ma mère et ses clientes préférées. De mon côté, j'ai invité Mattie, Benji et Michael.

Benji est en pleine forme. Il a apporté un bouquet de jonquilles et une carte qu'il a fabriquée lui-même. On y voit ma mère habillée en super héros. Mattie nous a offert une plaque à biscuits.

— Pour que vous puissiez cuisiner ensemble, a-t-elle dit avec entrain.

Pauvre Mattie. Elle est pleine de bonnes intentions, mais elle ne connaît pas Annie Delaney.

On sonne à la porte. J'ouvre et aperçois Michael, l'air un peu coincé dans sa chemise et la raie au milieu. On croirait qu'il s'en va à l'église.

— Salut, Clarissa.

Il tient un énorme bouquet enveloppé de papier d'argent.

— C'est pour ta mère.

Je le remercie et apporte le bouquet dans la cuisine avec les autres. Il y a tellement de bouquets dans la maison que j'ai l'impression de vivre au milieu d'un jardin. Comme on a déjà utilisé tous les vases, j'improvise en coupant le haut d'un contenant de boisson gazeuse et en le remplissant d'eau. C'est l'idée de Mattie. Dieu merci, elle s'y connaît vraiment en travaux manuels.

J'entends la voiture s'engager dans l'allée avant de la voir. Benji aussi. Au fil des ans, le bruit de notre voiture lui est devenu familier. Nos regards se croisent, et nous faisons signe aux invités de garder le silence. Comme il n'y a pas d'endroit pour se cacher, les gens se contentent de se rassembler d'un côté de la pièce.

La porte s'ouvre.

— Nous sommes là! crie Denise.

J'entends le bruit des sacs qu'on pose par terre et celui des clés qu'on jette sur le comptoir.

— Clarissa? Où es-tu?

— Dans le salon! dis-je, comme prévu.

Comme si c'était normal pour moi d'être toute seule dans le salon. S'il y a une faille dans notre plan, c'est bien ça.

Lorsque ma mère apparaît dans l'entrée du salon, tout le monde s'écrie :

— Surprise!

Puis quelqu'un se met à chanter « Joyeux anniversaire ». J'entends Mattie lui dire de se taire et souffler :

— C'est pour souligner son retour, pas son anniversaire.

Si ma mère s'en aperçoit, elle ne le laisse pas voir. Elle a le sourire jusqu'aux oreilles. Denise l'enlace brièvement et dépose un gros baiser sonore sur sa joue.

— Bienvenue chez toi, Annie. Tu nous as manqué.

D'un geste, elle désigne les fidèles admirateurs de ma mère dispersés dans le salon.

— Tu nous as tous manqué.

Ma mère commence à circuler parmi la foule, en bonne *Dairy Queen* qu'elle est, riant, serrant des mains et distribuant les étreintes. Elle est trop maigre et elle a encore des poches sous les yeux. Je suis soulagée de voir qu'elle a toujours ses cheveux, même si je sais qu'il pourrait bientôt en être autrement. Elle les a fait couper en un joli carré qui retombe sur ses oreilles. Son menton paraît plus pointu et ses yeux plus grands. Malgré tout, elle est toujours la plus belle dans la pièce.

Benji lui donne la carte qu'il a faite. Ses mains tremblent un peu et je sais qu'il se retient pour ne pas pleurer.

— Tu es un ange! Tu m'as gratifiée d'une taille plus fine et d'un décolleté plus généreux, dit-elle en l'attirant contre elle.

VIKKI VanSICKLE

Malheureusement, elle dit ça devant Michael, qui rougit encore plus que moi. Nos regards se croisent, je lève les épaules, comme pour dire « on n'y peut rien », et il hausse les épaules à son tour. Je rougis de plus belle.

Mattie se dirige vers ma mère d'un pas décidé et lui tend la main, se présentant comme « la fille de Cheryl Cohen et une amie de Clarissa ».

— Et où est ma charmante fille à moi?

Je m'avance, un peu intimidée par tous ces gens.

— Bienvenue à la maison, dis-je.

Ma mère me serre très fort dans ses bras et embrasse mes cheveux, murmurant toutes sortes de petits mots d'amour embarrassants dans mes boucles (quasi boucles). Mais aujourd'hui, ça ne me dérange pas du tout. Je lui fais un énorme câlin sans me préoccuper de ceux qui nous regardent.

La fête a un succès fou. Je n'en finis plus de sourire. Tout se déroule à la perfection, sauf pour le fiasco du jus de pomme, jusqu'au moment où l'on sonne à la porte. Quelques secondes plus tard, Denise revient au salon flanquée de M. Campbell.

C'est plus fort que moi, je lance :

— Qui a invité Tony le tigre?

— J'ai reçu une aimable invitation de Mlle Denise Renzetti, répond M. Campbell.

Note pour plus tard : tuer Denise.

— Je ne voulais pas rater l'occasion de souligner le retour à la maison de la célèbre Annie Delaney, ajoute M. Campbell.

Il serre la main de ma mère et s'incline légèrement. Celle-ci paraît totalement sous le charme.

— Monsieur Campbell, merci d'être venu. Vous alimentez les conversations dans cette maison depuis quelque temps.

— J'imagine, oui.

Pendant quelques terribles secondes, j'ai peur qu'il ait révélé l'épisode des lettres à ma mère. Mais son clin d'œil a vite fait de me rassurer. C'est toujours notre secret. Aussi pathétique et nul qu'il soit, Tony le tigre sait garder un secret.

Il offre à ma mère un livre du genre sérieux et inspirant, ainsi qu'un sac de feuilles de thé censé favoriser le sommeil.

— Ma sœur ne jure que par ça, précise-t-il.

Ma mère accepte le présent de bonne grâce.

— Il y a autre chose que je voulais remettre à Clarissa, continue M. Campbell.

— À moi? Qu'est-ce que c'est?

Je me creuse la tête pour savoir de quoi il s'agit. Est-ce que j'ai oublié mon sac repas à l'école? Ou un travail? Mais ce que M. Campbell me montre n'a rien à voir avec ce que j'imaginais.

— J'ai trouvé ça au fond de mon bureau. Quelqu'un a dû la perdre. Qui sait depuis combien de temps elle se cache là.

M. Campbell extirpe de sa poche une délicate boucle d'oreille argentée en forme de plume. J'en ai le souffle coupé. C'est cette même boucle d'oreille que portait Mlle Ross le jour où je suis allée dans sa classe. J'en suis certaine.

— Comme c'est beau, dit ma mère. En ajoutant un petit anneau, tu pourrais la porter avec une chaîne, comme un collier.

Mattie me sourit à l'autre bout de la pièce. Je sais à quoi elle pense. « Ton talisman » articule-t-elle en silence en imitant un battement d'ailes avec ses bras. Voyant que Benji la regarde comme si elle était cinglée, elle l'entraîne à l'écart et reprend l'explication du début.

— Tout super héros digne de ce nom doit avoir un talisman…

M. Campbell sourit, et je me surprends à lui sourire en retour. Lorsque je finis par retrouver ma voix, je réussis à le remercier à peu près sincèrement.

— Il n'y a vraiment pas de quoi, dit-il en s'inclinant de nouveau. Quand je l'ai trouvée, une petite voix dans ma tête répétait sans cesse : « Donne-moi à Clarissa ». J'ai appris, par le passé, qu'il est souvent sage d'écouter cette petite voix.

— Ce n'est pas ce que dit mon médecin, lâche Denise.

Et pour une fois, tout le monde rit avec elle.

Il n'est peut-être pas Mlle Ross, à vrai dire il ne s'en approche même pas, mais M. Campbell me plaît de plus en plus. Je parie qu'il n'y a pas beaucoup d'enseignants qui donneraient autant de chances à une élève. Pour cette raison, je décide de pardonner à M. Campbell ses mauvaises blagues et ses affreux vêtements, et le fait qu'il ne sera jamais Mlle Ross. Grâce à lui, j'ai maintenant une petite partie d'elle, quelque chose que je pourrai porter contre mon cœur et qui me rappellera d'être une meilleure personne.

— Portons un toast, dit ma mère en levant son verre de jus de pomme. À ma fille Clarissa, une dure à cuire qui continue de propager la joie autour d'elle grâce à son merveilleux sens de l'humour, même quand elle surveille ma meilleure amie Denise pendant mon absence…

— Prends garde, Annie! plaisante Denise en lui donnant une petite tape sur le bras.

— … et qui nous a tous rassemblés ici pour cette belle fête. À Clarissa!

— À Clarissa!

Toutes ces voix joyeuses prononçant mon prénom retentissent dans mes oreilles. Je me sens légère. Ça me donne des ailes. Je me sens prête à affronter tout ce que l'univers me réserve. Si quelqu'un m'avait dit il y a un an que je me trouverais au beau milieu d'une fête-surprise que j'aurais organisée avec Mattie Cohen et Michael Greenblat, je l'aurais envoyé promener ou, tout du moins, encouragé à se faire soigner pour folie furieuse. J'imagine que c'est vrai qu'on ne peut prévoir l'avenir, et que tout ce qu'on peut faire, c'est formuler un vœu, espérer que tout aille pour le mieux et accepter ce que l'univers nous envoie. Mais c'est bien de savoir qu'il y a des jours, comme aujourd'hui, où tout fonctionne à merveille. Et que parfois, avec un peu de chance, l'univers est au rendez-vous.

FIN

# Remerciements

Il n'y a pas assez de mots (qu'ils commencent par C ou par une autre lettre) pour exprimer ma profonde gratitude à tous ceux qui m'ont encouragée à réaliser le rêve de ma vie, devenir une auteure publiée. Vous tous, parents et amis, m'étonnez et êtes une source d'inspiration pour écrire et aussi dans la vie. Des remerciements bien spéciaux à tout le monde chez Scholastic Canada, Cathy Francis, Nina McCreath, Elaine Cowan, Patti Thorlakson, Ashley Benson, Rob Kempson, Rebecca Jess, Denise Anderson, Jennifer MacKinnon et particulièrement à Kallie George, sans qui je n'aurais jamais terminé ce roman. Mille tendresses.